suhrkamp taschenbuch 2402

Als 1953 Samuel Becketts Stück *Warten auf Godot* zum ersten Mal auf die Bühne gebracht wurde, begann ein neues Zeitalter der Dramatik. Beckett erwarb über Nacht Weltruhm, und kein Stückeschreiber konnte mehr so tun, als gebe es dieses Stück nicht. Daß der Nobelpreisträger Beckett nicht nur für die Bühne geschrieben hat, sondern auch Arbeiten für den Rundfunk, das Fernsehen und den Film verfaßte, zeigt der zweite Band seiner dramatischen Werke.

Becketts Hörspiele können als Musterbeispiele für Hörspieldramaturgie gelten, sie zeigen, wie sich handelnde Personen mit rein akustischen Mitteln vorstellen und wie Hörspielgeräusche sich aus ihrer üblichen Kulissenhaftigkeit lösen. Ein weiteres Beispiel seiner unnachahmlichen dichterischen Persönlichkeit ist Becketts Film *Film* (1964), in dem Buster Keaton die Hauptrolle spielt und der einzige gesprochene Laut das sanfte »psst« einer älteren Frau ist.

Samuel Beckett, am 13. April 1906 in Dublin geboren, starb am 22. Dezember 1989 in Paris. 1969 erhielt er den Nobelpreis für Literatur.

Samuel Beckett
Hörspiele · Pantomime Film · Fernsehspiel

Dramatische Werke II

Suhrkamp

Samuel Beckett, *Werke.* In Zusammenarbeit mit Samuel Beckett
herausgegeben von Elmar Tophoven und Klaus Birkenhauer.
Übertragen von Elmar Tophoven, Erika Tophoven
und Erich Franzen

Umschlagfoto: Anneliese Heuer, Berlin

suhrkamp taschenbuch 2402
Erste Auflage 1995

Druck: Nomos Verlagsgesellschaft, Baden-Baden
Printed in Germany
Umschlag nach Entwürfen von
Willy Fleckhaus und Rolf Staudt

1 2 3 4 5 6 – 00 99 98 97 96 95

Hörspiele

Alle, die da fallen · Aschenglut
Worte und Musik · Cascando

Alle, die da fallen

Hörspiel

Originaltitel: ›All that fall‹
Aus dem Englischen von Erika und Elmar Tophoven

Personen: Mrs. Rooney (Maddy), *eine alte Dame* · Christy, *ein Fuhrmann* · Mr. Tyler, *ein Börsenmakler im Ruhestand* · Mr. Slocum, *ein Sekretär der Rennbahn* · Tommy, *ein Gepäckträger.* Mr. Barrell, *ein Bahnhofsvorsteher* · Miss Fitt, *eine Dame Mitte Dreißig* · Eine weibliche Stimme · Dolly, *ein kleines Mädchen* · Mr. Rooney (Dan), *Mrs. Rooneys Ehemann, blind* · Jerry, *ein kleiner Junge*

Ländliche Geräusche. Schaf, Vogel, Kuh, Hahn, erst einzeln, dann zusammen.
Schweigen.
Mrs. Rooney geht eine Landstraße entlang zum Bahnhof. Geräusch ihrer schleppenden Schritte.
Leise Musik von einem Haus am Weg. »Der Tod und das Mädchen.« Die Schritte werden langsamer und enden.

MRS. ROONEY Arme Frau. Ganz allein in dem verfallenen alten Haus. *Die Musik wird lauter. Stille, nur Musik.*
Wieder Schritte, die Musik verstummt. Mrs. Rooney murmelt die Melodie vor sich hin. Ihr Murmeln verstummt.
Geräusch heranrollender Karrenräder. Der Karren hält. Die Schritte werden langsamer und enden.
Sind Sie es, Christy?

CHRISTY Ja, ich bin's, Ma'am.

MRS. ROONEY Der Maulesel kam mir doch bekannt vor. Wie geht es Ihrer armen Frau?

CHRISTY Nicht besser, Ma'am.

MRS. ROONEY Ihrer armen Schwester denn?

CHRISTY Nicht schlechter, Ma'am. *Schweigen.*

MRS. ROONEY Warum halten Sie an? *Pause.* Warum halte ich denn an? *Schweigen.*

CHRISTY Schönes Wetter fürs Rennen, Ma'am.

MRS. ROONEY Ja, gewiß, gewiß. *Pause.* Ob es sich aber hält? *Pause.*
Bewegt: Ob es sich hält?
Schweigen.

CHRISTY Sie können wohl nicht gerade ...

MRS. ROONEY Still! *Pause.* Meine Güte, das kann doch unmöglich schon der D-Zug sein, was ich da höre? *Schweigen. Der Maulesel wiehert. Schweigen.*

CHRISTY Der D-Zug? Nie im Leben!

MRS. ROONEY Oh, Gott sei Dank! Ich hätte geschworen, daß ich ihn von weitem herandonnern hörte. *Pause.* So, so, sie wiehern, die Maulesel. Nun ja, warum auch nicht?

CHRISTY Sie können wohl nicht gerade eine Karre Mist gebrauchen?

MRS. ROONEY Mist? Was für welchen?

CHRISTY Schweinemist.

MRS. ROONEY Schweinemist ... Ihre Offenheit gefällt mir, Christy. *Pause.* Ich werde meinen armen Mann fragen. *Pause.* Christy.

CHRISTY Ja, Ma'am.

MRS. ROONEY Finden Sie meine Art zu sprechen nicht irgendwie ... sonderbar? *Pause.* Ich meine nicht die Stimme. *Pause.* Nein, ich meine die Worte. *Pause. Mehr zu sich selbst:* Ich gebrauche nur die einfachsten Worte, hoffe ich, und doch finde ich meine Art zu sprechen manchmal sehr ... sonderbar. *Pause.* Mein Gott! Was war das?

CHRISTY Ach, nichts weiter, Ma'am, ihn sticht heute der Hafer.

Schweigen.

MRS. ROONEY Mist? Was sollten wir in unserem Alter noch mit Mist anfangen? *Pause.* Warum gehen Sie zu Fuß? Warum klettern Sie nicht oben auf Ihren Mist und lassen sich ziehen? Werden Sie leicht schwindelig?

Schweigen.

CHRISTY *zum Maulesel:* Hüh, du Mistvieh! *Pause. Lauter:* Hüh, hüh, du krüppeliges Mistvieh!

Schweigen.

MRS. ROONEY Er rührt sich nicht vom Fleck. *Pause.* Ich sollte auch sehen, daß ich weiterkomme, wenn ich nicht zu spät an der Bahn sein will. *Pause.* Gerade wieherte er doch noch und stampfte die Erde. Und jetzt weigert er sich, auch nur einen Fuß voranzusetzen. Ziehen Sie ihm ordentlich einen über die Rippen. *Peitschenschlag. Pause.* Feste, feste! *Peitschenschlag. Pause.* Na, wenn jemand das

mit mir machte, würde ich mich aber sputen. *Pause.* Wie er mich anstarrt mit seinen großen triefenden, von Stechfliegen gequälten Augen! Wenn ich weiter die Straße hinunterginge, damit er mich nicht mehr sieht ... *Peitschenschlag.* Nein, nein, hören Sie auf! Nehmen Sie ihn beim Zaum und ziehen Sie seinen Kopf von mir weg. Das ist ja schrecklich! *Sie geht weiter. Geräusch ihrer schleppenden Schritte.* Womit habe ich das nur alles verdient? *Schleppende Schritte.* Es ist so lange her ... Nein! Nein! *Schleppende Schritte. Sie zitiert:* »Weine ein leises, leises Lied von Dingen, von schlimmen Dingen aus längst vergessener Zeit ...« *Sie bleibt stehen.* Wie soll ich weitergehen, ich kann nicht. Ach, wenn ich doch platt auf die Straße fiele wie ein großer dicker Pudding, der aus einer Schüssel schwappt, um nie mehr aufzustehen! Ein großer, dicker, mit Staub und Fliegen bedeckter Fladen, man würde mich mit einer Schippe abkratzen müssen. *Pause.* Mein Gott, da ist der D-Zug wieder, was soll bloß aus mir werden! *Wieder Geräusch ihrer schleppenden Schritte.* Ja, ja, ich weiß, ich bin nur ein hysterisches altes Weib, zerrüttet von Kummer und Gram und Vornehmtun und Kirchgang und Fett und Rheuma und Kinderlosigkeit. *Pause. Gebrochen:* Minnie! Kleine Minnie!
Pause.
Liebe war alles, was ich verlangte, ein bißchen Liebe, einmal täglich, zweimal täglich, fünfzig Jahre lang zweimal täglich Liebe wie in den Armen eines Pariser Pferdeschlächters, welche normale Frau verlangt schon Zärtlichkeit? *Überdrüssig:* Ein Küßchen morgens auf die Kinnbacke, ganz nahe am Ohr, und abends noch eins, einen Kuß, zwei Küsse, bis einem ein Backenbart gewachsen ist. Da ist ja wieder dieser liebliche Goldregen.
Schleppende Schritte. Geräusch einer Fahrradklingel. Es ist der alte Mr. Tyler, der auf seinem Rad hinter ihr auftaucht, auf seinem Weg zum Bahnhof. Bremsenquietschen. Er fährt langsamer und ist schließlich an ihrer Seite.

MR. TYLER Mrs. Rooney! Entschuldigen Sie, wenn ich meine Mütze aufbehalte, aber ich würde sonst vom Rad fallen. Ideales Wetter fürs Rennen.

MRS. ROONEY Oh, Mr. Tyler, Sie haben mich zu Tode erschreckt, sich so an mich heranzustehlen wie ein Jäger auf der Pirsch! Oh!

MR. TYLER *scherzhaft:* Ich habe geklingelt, Mrs. Rooney, sofort als ich Sie sah, habe ich geklingelt, das müssen Sie zugeben.

MRS. ROONEY Ihre Klingel, Mr. Tyler, und Sie sind zweierlei. Wie geht es Ihrer armen Tochter?

MR. TYLER Es geht. Sie haben ihr alles weggenommen, wissen Sie, den ganzen ... eh ... Schwindel, eben alles. Jetzt bin ich enkelkinderlos.

Schleppende Schritte.

MRS. ROONEY Meine Güte, wie Sie hin- und herwackeln! Steigen Sie um Gottes willen ab oder fahren Sie weiter.

MR. TYLER Und wenn ich meine Hand leicht auf Ihre Schulter legte, Mrs. Rooney, wie wäre das? *Pause.* Würden Sie das erlauben?

MRS. ROONEY Nein, Mr. Rooney, Tyler meine ich, ich habe genug von leichten tatterigen Händen auf meinen Schultern und an anderen dummen Stellen, ich hab's einfach satt. Himmel, da kommt ja Connolly's Lieferwagen! *Sie bleibt stehen. Geräusch des Lieferwagens, der heranrollt, mit ohrenbetäubendem Lärm vorbeifährt und in der Ferne verschwindet.* Ist alles in Ordnung, Mr. Tyler? *Pause.* Wo steckt er denn? *Pause.* Ah, da sind Sie ja! *Wieder schleppende Schritte.* Na, das ging um ein Haar!

MR. TYLER Ich bin gerade noch rechtzeitig abgesessen.

MRS. ROONEY Es ist wirklich Selbstmord, heutzutage auszugehen. Aber was hat man zu Hause, Mr. Tyler, was hat man schon zu Hause? Man siecht langsam dahin. Jetzt sind wir von oben bis unten vollgestaubt. Was sagten Sie?

MR. TYLER Nichts, Mrs. Rooney, nichts. Ich fluchte nur so vor mich hin, über Gott und die Welt, nur so vor mich hin, und über den regnerischen Samstagnachmittag meiner Zeugung. Mein Hinterrad ist schon wieder platt. Ich hatte es knochenhart aufgepumpt, bevor ich wegfuhr. Und jetzt fahre ich auf der Felge.

MRS. ROONEY Oh, Sie Ärmster!

MR. TYLER Wenn's vorne wäre, wäre es nicht so schlimm. Aber hinten. Das Hinterrad! Die Kette! Das Öl! Das Fett! Die Achse! Die Bremsen! Das Getriebe! Nein! Das ist zuviel! *Schleppende Schritte.*

MRS. ROONEY Ist es schon sehr spät, Mr. Tyler, ich habe nicht den Mut, auf die Uhr zu schauen.

MR. TYLER *bitter:* Spät! Es war schon spät, als ich losfuhr. Jetzt ist es also doppelt so spät, ja drei-, viermal so spät. Wäre ich nur einfach an Ihnen vorbeigesaust, ohne ein Wort zu sagen.

Schleppende Schritte.

MRS. ROONEY Wen wollen Sie abholen, Mr. Tyler?

MR. TYLER Hardy. *Pause.* Wir sind früher zusammen auf die Berge geklettert. *Pause.* Ich habe ihm einmal das Leben gerettet. *Pause.* Ich hab' es nie vergessen.

Schleppende Schritte. Sie bleiben stehen.

MRS. ROONEY Wir wollen einen Moment stehenbleiben, damit dieser elende Staub wieder auf diese elende Erde zurückfällt.

Schweigen. Ländliche Geräusche.

MR. TYLER Welch ein Himmel! Welch ein Licht! Ach, trotz allem ist es ein Segen, bei solchem Wetter am Leben zu sein und nicht mehr im Krankenhaus.

MRS. ROONEY Am Leben?

MR. TYLER Na, sagen wir halbwegs am Leben, ja?

MRS. ROONEY Das mag für Sie gelten, Mr. Tyler, aber für mich schon längst nicht mehr. *Pause.* Warum stehen wir hier herum? Dieser Staub wird sich zu unseren Lebzeiten nicht mehr legen. Und wenn er es doch tut, wird ein riesiger Rennwagen vorbeibrausen und alles wieder himmelhoch aufwirbeln.

MR. TYLER Na, wollen wir da nicht lieber weitergehen?

MRS. ROONEY Nein.

MR. TYLER Kommen Sie doch, Mrs. Rooney –

MRS. ROONEY Gehen Sie, Mr. Tyler, gehen Sie und lassen Sie mich hier dem Gurren der Turteltauben lauschen. *Gurren.* Wenn Sie meinen armen blinden Dan sehen, sagen Sie ihm, daß ich unterwegs war, um ihn abzuholen, als alles plötzlich wieder über mich hereinbrach wie eine Flutwelle. Sagen Sie ihm, Ihre arme Frau hat mich gebeten, Ihnen zu bestellen, daß alles wieder über sie hereinbrach und ... *Ihre Stimme bricht* ... sie ging einfach zurück nach Hause ... direkt nach Hause ...

MR. TYLER Kommen Sie doch, Mrs. Rooney, kommen Sie, der D-Zug ist noch nicht durch. Nehmen Sie meinen freien Arm, und wir werden noch früh genug hinkommen.

MRS. ROONEY *schluchzend:* Was? Was soll denn das alles? *Ruhiger:* Sehen Sie denn nicht, wie mir zumute ist? *Ärgerlich:* Haben Sie denn gar keine Achtung vor dem Elend? *Schluchzend:* Minnie! Kleine Minnie!

MR. TYLER Kommen Sie doch, Mrs. Rooney, kommen Sie, der D-Zug ist noch nicht durch, nehmen Sie meinen freien Arm, und wir werden noch früh genug hinkommen.

MRS. ROONEY *gebrochen:* Sie wäre jetzt Mitte Vierzig, ich weiß nicht, oder fünfzig, sie würde sich ihre schönen schmalen Lenden gürten, um sich gegen die Wechseljahre zu wappnen ...

MR. TYLER Kommen Sie, Mrs. Rooney, kommen Sie, der D-Zug ...

MRS. ROONEY *aufbrausend:* Wollen Sie wohl machen, daß Sie wegkommen, Mr. Rooney, Tyler meine ich, wollen Sie wohl machen, daß Sie wegkommen und mich nicht mehr belästigen? Was ist das für ein Land, in dem eine Frau sich nicht ruhig in Wiesen und Wäldern ausweinen kann, ohne von Börsenmaklern im Ruhestand angerempelt zu werden. *Mr. Tyler schickt sich an, aufs Rad zu steigen.* Mein Gott, Sie werden doch nicht ohne Luft fahren! *Mr. Tyler steigt auf.* Sie werden Ihren ganzen Schlauch zerfetzen. *Mr. Tyler fährt los. Das Rad entfernt sich holpernd. Stille. Gurren.* Venusvögel! Sie schnäbeln im Wald *Gurren* den ganzen Sommer lang. *Pause.* Oh, dies verfluchte Korsett! Wenn ich es nur ausziehen könnte, ohne öffentliches Ärgernis zu erregen. Mr. Tyler! Mr. Tyler! Kommen Sie zurück und haken Sie mir mein Korsett auf hinter der Hecke! *Sie lacht wild, hält inne.* Was ist mit mir los, was ist mit mir los, keine Ruhe, diese alte schwitzende Haut, dieser alte berstende Schädel. Oh, zerfiele ich doch in Atome, in Atome! *Wahnsinnig:* ATOME! *Schweigen. Gurren. Schwach:* Jesus!

Pause.

Jesus! *Geräusch eines heranrollenden Wagens hinter ihr. Der Wagen fährt langsamer und hält neben ihr, der Motor läuft weiter. Es ist Mr. Slocum, der Sekretär der Rennbahn.*

MR. SLOCUM Fehlt Ihnen etwas, Mrs. Rooney? Sie stehen ja ganz gekrümmt da. Haben Sie Bauchschmerzen?

Schweigen. Mrs. Rooney lacht wild.

MRS. ROONEY Na, wenn das nicht mein alter Verehrer, der Generalsekretär der Rennbahn in seiner Limousine ist!

MR. SLOCUM Kann ich Sie ein Stück mitnehmen, Mrs. Rooney? Haben wir denselben Weg?

MRS. ROONEY Das will ich wohl meinen, Mr. Slocum, wir haben alle denselben Weg. *Pause.* Wie geht es Ihrer armen Mutter?

MR. SLOCUM Danke, es geht ihr leidlich. Es gelingt uns, ihre Schmerzen zu lindern, und das ist die Hauptsache, nicht wahr, Mrs. Rooney?

MRS. ROONEY Ja, da haben Sie recht, Mr. Slocum, das ist die Hauptsache. Ich frage mich, wie Sie es schaffen. *Pause. Sie schlägt sich schallend auf die Wange.* Ach, diese Wespen!

MR. SLOCUM *kühl:* Kann ich Sie also ein Stück mitnehmen, Mrs. Rooney?

MRS. ROONEY *mit übertriebenem Enthusiasmus:* Oh, das wäre himmlisch, Mr. Slocum, einfach himmlisch. *Zögernd:* Ob ich aber jemals da hinaufkomme, Sie thronen heute so hoch oben, das machen wohl diese neuen Ballonreifen. *Mr. Slocum öffnet die Tür, Mrs. Rooney versucht einzusteigen.* Klappen Sie das Verdeck nie zurück? Nein? *Mrs. Rooneys Anstrengungen.* Nein ... das schaffe ich nie ... Sie müssen schon heruntersteigen, Mr. Slocum, und mir von hinten nachhelfen. *Pause.* Sagten Sie was? *Pause. Gekränkt:* Sie haben es selber vorgeschlagen, nicht ich. Fahren Sie doch weiter, Sir, fahren Sie doch weiter.

MR. SLOCUM *stellt den Motor ab:* Ich komme schon, Mrs. Rooney, ich komme schon. Warten Sie einen Moment, ich bin genau so steif wie Sie.

Man hört Mr. Slocum sich aus dem Führersitz herauswinden.

MRS. ROONEY Steif! Ich steif! Dabei schwabbele ich am ganzen Leibe! *Zu sich selbst:* Alter Dandy!

MR. SLOCUM *in Hilfestellung hinter ihr:* Nun, Mrs. Rooney, wie sollen wir's machen?

MRS. ROONEY Wie mit einem Mehlsack, Mr. Slocum, nur keine Angst. *Pause. Man hört die Anstrengungen.* So ist's richtig. *Anstrengung.* Nicht so hoch! *Anstrengung.* Moment! *Pause.* Nein, nicht loslassen! *Pause.* Angenommen, ich bin einmal oben, ob ich dann je wieder herunterkomme?

MR. SLOCUM *schwer atmend:* Sie kommen wieder runter. Mrs. Rooney, Sie kommen wieder runter. Wir werden Sie vielleicht nicht raufkriegen, aber ich garantiere Ihnen, daß wir Sie wieder runterkriegen.

Erneute Anstrengungen von Mr. Slocum. Entsprechendes Geräusch.

MRS. ROONEY Oh! ... Nicht so hoch! ... Nur keine Angst! ... Wir sind über das Alter hinaus, in dem ... Da! ... Jetzt! ... Stemmen Sie Ihre Schulter drunter ... Oh! ... *Kichert:* Du lieber Himmel! Höher, Höher! ... Ach! ...

Ich bin drin! *Mr. Slocum keucht. Er schlägt die Tür zu. Schrei:* Mein Kleid! Sie haben mein Kleid eingeklemmt. *Mr. Slocum öffnet die Tür. Mrs. Rooney befreit ihr Kleid. Mr. Slocum schlägt die Tür zu. Man hört ihn unverständlich vor sich hinfluchen, während er um den Wagen herum zur anderen Tür geht. Weinerlich:* Mein schönes Kleid! Sehen Sie nur, was Sie mit meinem schönen Kleid gemacht haben! *Mr. Slocum steigt ein, schlägt seine Tür zu, drückt auf den Anlasserknopf, der Motor springt nicht an. Er läßt den Anlasserknopf los.* Was wird Dan nur sagen, wenn er das sieht?

MR. SLOCUM Kann er denn wieder sehen?

MRS. ROONEY Nein, ich meine, wenn er es merkt, was wird er sagen, wenn er das Loch fühlt? *Mr. Slocum drückt auf den Anlasserknopf. Das gleiche wie vorher. Stille.* Was machen Sie, Mr. Slocum?

MR. SLOCUM Ich starre geradeaus, Mrs. Rooney, durch die Windschutzscheibe, ins Leere.

MRS. ROONEY Fahren Sie doch los, ich flehe Sie an, damit wir wegkommen. Dies ist ja unerträglich!

MR. SLOCUM *träumerisch:* Den ganzen Morgen lief er wie ein geölter Blitz und jetzt streikt er. Das hat man davon, wenn man Gutes tut. *Pause. Hoffnungsvoll:* Vielleicht sollte ich ihn abdrosseln. *Er macht es, drückt dann den Anlasserknopf. Der Motor heult auf. Er brüllt, um sich verständlich zu machen:* Er kriegte zuviel Luft!

Er nimmt Gas weg, schaltet knirschend in den ersten Gang, fährt los und schaltet knirschend in die nächsten Gänge.

MRS. ROONEY *angstvoll:* Vorsicht, die Henne! *Bremsenquietschen. Hennenschrei.* Mein Gott, Sie haben sie plattgefahren, fahren Sie weiter, fahren Sie weiter! *Wagen fährt schneller. Pause.* Was für ein Tod! Vor einer Minute pickte sie noch glücklich im Mist, auf der Straße, in der Sonne und badete sich ab und zu im Staub, und dann – zack! – ausgegackert, alles vorbei. *Pause.* All das Eierlegen und Brüten. *Pause.* Nur ein kurzer Aufschrei und dann ... Feierabend. *Pause.* Man hätte ihr sowieso den Hals umgedreht, früher oder später. *Pause.* So, da wären wir, ich steige aus. *Der Wagen fährt langsamer, hält, der Motor läuft. Mr. Slocum hupt. Pause. Lauter. Pause.* Was machen Sie denn jetzt, Mr. Slocum? Wir stehen still, alle Gefahr ist vorüber und sie hupen. Anstatt jetzt zu hupen, hätten Sie besser gehupt, als die unglückliche ...

Lautes Hupen, Tommy, der Gepäckträger, erscheint oben auf der Bahnhofstreppe.

MR. SLOCUM *ruft:* Komm herunter, Tommy, und hilf dieser Dame beim Aussteigen, sie sitzt fest. *Tommy kommt die Treppe herunter.* Mach die Tür auf, Tommy, und befreie sie!

Tommy öffnet die Tür.

TOMMY Ja, Sir. Schönes Wetter fürs Rennen, Sir. Können Sie mir keinen Tip geben für ...

MRS. ROONEY Kümmere dich nicht um mich. Nimm keine Notiz von mir. Ich existiere nicht. Das weiß doch jeder.

MR. SLOCUM Tu um Gottes willen, was ich dir gesagt habe, Tommy.

TOMMY Ja, Sir. Na, Mrs. Rooney. *Er fängt an, sie herauszuziehen.*

MRS. ROONEY Langsam, Tommy, langsam, nicht so hastig, ich muß mich erst mal herumdrehen und einen Fuß auf die Erde setzen. *Mrs. Rooneys Anstrengungen.* So, jetzt.

TOMMY *zieht sie heraus:* Vorsicht, Ihre Feder, Ma'am. *Man hört ihre Anstrengungen.* Immer mit der Ruhe!

MRS. ROONEY Langsam, mein Gott, du reißt mir noch den Kopf ab!

TOMMY Bücken Sie sich, Mrs. Rooney, bücken Sie sich und versuchen Sie, Ihren Kopf herauszustecken.

MRS. ROONEY Mich bücken! In meinem Alter! Das ist ja Wahnsinn!

TOMMY Drücken Sie sie herunter, Sir.

Man hört ihre vereinten Anstrengungen.

MRS. ROONEY O jemine!

TOMMY So, jetzt geht's! Richten Sie sich auf, Ma'am! So!

Mr. Slocum schlägt die Tür zu.

MRS. ROONEY Bin ich raus?

MR. BARRELL *der Bahnhofsvorsteher, ruft ärgerlich:* Tommy! Tommy! Wo zum Teufel steckt er nur?

Mr. Slocum schaltet knirschend in den ersten Gang.

TOMMY *eilig:* Haben Sie keinen Tip für den Damenpokal, Sir? Man hat mir Flash Harry aufgeschwatzt.

MR. SLOCUM *verächtlich:* Flash Harry! Dieser Ackergaul!

MR. BARRELL *brüllt oben auf der Treppe:* Tommy! Ich reiße dir den ... *Er sieht Mrs. Rooney.* Oh, Verzeihung, Mrs. Rooney ... *Mr. Slocum fährt weg, knirschendes Schalten der Gänge.* Wer ist das, der da sein Getriebe so martert, Tommy?

TOMMY Die olle Tante Slocum.

MRS. ROONEY Tante Slocum! Das ist mir eine nette Art, über einen besseren Herrn zu sprechen! Tante Slocum! Du als Waisenkind!

MR. BARRELL *ärgerlich zu Tommy:* Was treibst du dich hier auf der Straße herum? Du hast hier überhaupt nichts zu suchen! Mach, daß du auf den Bahnsteig kommst, und hol den Handkarren raus! Du weißt ja, daß der Zwölfuhrdreißig längst fällig ist.

TOMMY *bitter:* Und das ist nun der Dank für eine gute Tat.

MR. BARRELL *heftig:* Mach schon voran, sonst melde ich dich. *Langsame Schritte von Tommy, der die Treppe heraufgeht.* Willst du, daß ich dir Beine mache? *Die Schritte werden schneller, leiser und enden.* Mein Gott nochmal, das Leben ist hart. *Pause.* Nun, Mrs. Rooney, ich freue mich, Sie wieder auf den Beinen zu sehen. Sie haben lange gelegen.

MRS. ROONEY Nicht lange genug, Mr. Barrell. *Pause.* Könnte ich nur immer im Bett liegen, Mr. Barrell. *Pause.* Könnte ich doch immer lang ausgestreckt in meinem bequemen Bett liegen und, von Pfeilwurz und Kalbsgallert lebend, langsam und schmerzlos dahinschwinden, um schließlich platt wie ein Brett unter der Decke zu enden. *Pause.* Natürlich, ohne zu husten oder zu spucken, zu brechen oder zu bluten, nur ganz sanft in ein höheres Leben hinabgleiten und mich erinnern, erinnern ... *Die Stimme bricht* ... an all das sinnlose Elend ... als wäre ... es nie gewesen ... Was habe ich nur mit dem Taschentuch gemacht? *Sie putzt sich laut und vernehmlich die Nase.* Wie lange sind Sie jetzt schon Bahnhofsvorsteher hier, Mr. Barrell?

MR. BARRELL Fragen Sie mich nicht, Mrs. Rooney, fragen Sie mich nicht.

MRS. ROONEY Sind Sie nicht in Ihres Vaters Fußstapfen getreten, als er sich zur Ruhe setzte?

MR. BARRELL Armer Papa! *Ehrfurchtsvolle Pause.* Er hat nicht mehr viele Kohlköpfe pflanzen können.

MRS. ROONEY Ich sehe ihn noch genau vor mir. Ein kleiner Witwer mit einem roten mopsigen Gesicht, stocktaub, immer mürrisch und kurz angebunden. *Pause.* Ich nehme an, daß Sie auch bald in den Ruhestand treten, Mr. Barrell, und Rosen züchten werden. *Pause.* Habe ich richtig verstanden, daß der Zwölfuhrdreißig fällig ist.

MR. BARRELL Ja, das haben Sie richtig verstanden!

MRS. ROONEY Dabei ist es nach meiner Uhr, die mehr oder weniger richtig geht – oder ging – beim 8-Uhr-Gongschlag jedenfalls, schon Zwölfuhr ... *Pause, während sie auf die Uhr sieht* ... sechsunddreißig. *Pause.* Und doch ist der D-Zug noch nicht durch, – *Pause* – oder so schnell, daß ich es nicht gemerkt habe. *Pause.* Denn jetzt fällt mir wieder ein, daß ich soeben ganz in meinem Schmerz versunken war; ich hätte nicht einmal gehört, wenn eine Dampfwalze über mich gerollt wäre. *Pause. Mr. Barrell wendet sich zum Gehen.* Gehen Sie nicht, Mr. Barrell! *Mr. Barrell geht. Laut:* Mr. Barrell! *Pause. Lauter:* Mr. Barrell!

Mr. Barrell kommt zurück.

MR. BARRELL *mürrisch:* Was ist los, Mrs. Rooney, ich habe meine Arbeit.

Schweigen.

Geräusch des Windes.

MRS. ROONEY Es kommt Wind auf. *Pause. Wind.* Der beste Teil des Tages ist vorbei. *Pause. Wind. Träumerisch:* Bald werden die ersten Tropfen fallen, und der Regen wird den ganzen Nachmittag nicht mehr aufhören. *Mr. Barrell geht.* Gegen Abend werden sich die Wolken verziehen, die sinkende Sonne wird einen Augenblick scheinen und hinter den Hügeln untergehen. *Sie merkt, daß Mr. Barrell weggegangen ist.* Mr. Barrell! Mr. Barrell! *Schweigen.* Ich verderbe es mit allen. Sie kommen mir entgegen, unaufgefordert, wohlwollend, voller Güte, um mir zu helfen ... *Die Stimme bricht* ... ehrlich erfreut ... mich wiederzusehen ... so frisch ... und munter ... *Taschentuch.* Nur wenige einfache Worte ... aus meinem Herzen ... und ich bin wieder allein ... ganz allein ... *Taschentuch. Heftig:* Ich sollte überhaupt nicht ausgehen! Ich sollte nie unser Grundstück verlassen! *Pause.* Oh, da ist die Fitt, ich bin gespannt, ob sie mich grüßt. *Man hört Miss Fitt näherkommen, sie trällert einen Choral vor sich hin und beginnt, die Stufen hinaufzugehen.* Miss Fitt. *Miss Fitt bleibt stehen, hört auf zu trällern.* Bin ich denn unsichtbar, Miss Fitt? Steht mir mein Kattun so gut, daß ich mit dem Mauerwerk verschmelze? *Miss Fitt kommt eine Stufe herunter.* So ist's richtig, Miss Fitt, machen Sie die Augen weit auf, und Sie werden schließlich eine einstmals weibliche Figur entdecken.

MISS FITT Mrs. Rooney! Ich sah Sie, aber ich habe Sie nicht erkannt.

MRS. ROONEY Am letzten Sonntag waren wir zusammen in der Kirche. Wir knieten am selben Altar. Wir tranken aus demselben Kelch. Habe ich mich seitdem so verändert?

MISS FITT *schockiert:* In der Kirche, Mrs. Rooney, in der Kirche bin ich doch allein mit meinem Schöpfer. Sie nicht? *Pause.* Selbst der Küster bei der Kollekte weiß, daß es keinen Zweck hat, bei mir anzuhalten. Ich sehe einfach den Teller oder Beutel nicht, oder was sie immer gebrauchen, wie sollte ich auch? *Pause.* Selbst wenn alles vorbei ist und ich wieder an der frischen Luft bin, selbst dann taumele ich die ersten hundert Meter wie geblendet dahin und sehe die anderen Gläubigen gar nicht. Und ich muß zugeben, daß sie alle sehr nett sind – die große Mehrheit jedenfalls – sehr nett und verständnisvoll. Sie kennen mich jetzt und nehmen keinen Anstoß daran. Da geht sie, sagen sie, da geht die schwarze Miss Fitt, ganz allein mit ihrem Schöpfer, laßt sie in Ruhe. Und sie weichen mir aus auf dem Trottoir, damit ich sie nicht umlaufe. *Pause.* Oh, ja, ich bin zerstreut, sehr zerstreut, sogar an Wochentagen. Fragen Sie Mutter, wenn Sie mir nicht glauben. Hetty, sagt sie, wenn ich in meine Serviette beiße anstatt ins Butterbrot, Hetty, wie kannst du nur so zerstreut sein? *Seufzt.* In Wirklichkeit glaube ich, daß ich gar nicht da bin, daß ich eigentlich gar nicht da bin. Ich sehe, höre, rieche und so weiter, ich mache die üblichen Gesten, Mrs. Rooney, aber mein Herz ist nicht dabei, Mrs. Rooney, mein Herz ist nie dabei. Mir selbst überlassen, ohne einen, der auf mich achtet, wäre ich bald davongeflogen ... heim, heim. *Pause.* Wenn Sie also glauben, daß ich Sie gerade schneiden wollte, Mrs. Rooney, tun Sie mir Unrecht. Alles, was ich sah, war ein großer blasser Fleck, nichts weiter als ein großer blasser Fleck. *Pause.* Fehlt Ihnen etwas, Mrs. Rooney, Sie sehen so merkwürdig aus. So gebeugt und so gekrümmt.

MRS. ROONEY *kläglich:* Maddy Rooney, geborene Dunne, der große blasse Fleck. *Pause.* Sie haben Luchsaugen, Miss Fitt, wenn Sie das nur wüßten, richtige Luchsaugen. *Pause.*

MISS FITT Nun ... da ich schon einmal da bin, kann ich irgend etwas für Sie tun?

MRS. ROONEY Wenn Sie mir helfen würden, diese Klippe hinaufzukommen, Miss Fitt, bin sicher, daß Ihr Schöpfer es Ihnen vergelten würde, wenigstens er.

MISS FITT Aber, aber, Mrs. Rooney, hacken Sie mir nicht gleich die Augen aus. Vergelten! Entweder bringe ich solche Opfer umsonst – oder überhaupt nicht. *Pause. Man hört sie die Stufen herunterkommen.* Sie wollen sich sicher auf mich stützen, Mrs. Rooney.

MRS. ROONEY Ich bat Mr. Barrell, er möge mir seinen Arm leihen, nur seinen Arm. *Pause.* Er machte auf dem Absatz kehrt und ließ mich stehen.

MISS FITT Sie wollen also meinen Arm? *Pause. Ungeduldig:* Sie wollen also meinen Arm, Mrs. Rooney, oder was sonst?

MRS. ROONEY *aufbrausend:* Ihren Arm! Irgendeinen Arm! Eine hilfreiche Hand! Für fünf Sekunden! Jesus, was für ein Planet!

MISS FITT Soll ich Ihnen mal was sagen, Mrs. Rooney, ich glaube, es wäre besser, Sie gingen überhaupt nicht aus dem Haus.

MRS. ROONEY *heftig:* Kommen Sie herunter, Miss Fitt, und reichen Sie mir Ihren Arm, bevor ich die ganze Gemeinde zusammenschreie!

Pause. Wind. Man hört Miss Fitt die letzten Stufen herunterkommen.

MISS FITT *resigniert:* Na ja, es ist wohl Protestantenpflicht zu helfen.

MRS. ROONEY Selbst Ameisen helfen einander. *Pause.* Ich habe Schnecken gesehen, die es taten. *Miss Fitt bietet ihren Arm an.* Nein, die andere Seite, meine Liebe, wenn es Ihnen nichts ausmacht, ich bin zu allem Überfluß auch noch Linkshänder. *Sie nimmt Miss Fitts rechten Arm.* Himmel, Kind, Sie sind ja nur ein Sack Knochen, Sie müssen sich etwas aufpäppeln. *Sie quält sich an Miss Fitts Arm die Treppen hinauf.* Dies ist schlimmer als das Matterhorn, waren Sie schon einmal auf dem Matterhorn, Miss Fitt, da wimmelt es von Jungvermählten. *Man hört, wie sie sich hinaufquält.* Nicht mal ein Geländer! *Keuchend:* Warten Sie, ich muß erst mal Luft holen. *Pause.*

Lassen Sie mich nicht los! *Miss Fitt summt ihren Choral. Kurz darauf fällt Mrs. Rooney ein mit den Worten:* ... In allen Stürmen ... *Miss Fitt hört auf zu summen* ... tamtamtamtam ... *Laut:* ... wird er dich beschirmen ... tamtamtamtam!

MISS FITT *hysterisch:* Hören Sie auf, Mrs. Rooney, hören Sie auf, oder ich lasse Sie fallen!

MRS. ROONEY Sangen sie das nicht auf der Lusitania? Oder war es »Näher, mein Gott, zu Dir«? Es muß sehr ergreifend gewesen sein. Oder war es die Titanic?

Durch das Geräusch herbeigerufen, versammeln sich oben auf der Treppe einige Leute, darunter Mr. Tyler, Mr. Barrell und Tommy.

MR. BARRELL Was zum –

Schweigen.

MR. TYLER Schönes Wetter fürs Rennen.

Lautes Gekicher von Tommy, das Mr. Barrell unterbricht, indem er ihm einen Faustschlag in die Magengegend versetzt. Entsprechendes Geräusch von Tommy.

WEIBL. STIMME *schrill:* Oh, sieh mal, Dolly, sieh mal!

DOLLY Was denn, Mama?

WEIBL. STIMME Sie stecken fest. *Schrilles Lachen.* Sie stecken fest!

MRS. ROONEY Jetzt sind wir die Zielscheibe des Spotts der 26 Grafschaften. Oder sind es 36?

MR. TYLER Das ist mir eine nette Art, seine hilflosen Untergebenen zu behandeln, Mr. Barrell, sie einfach in den Unterleib zu boxen.

MISS FITT Hat jemand von Ihnen meine Mutter gesehen?

MR. BARRELL Wer ist das?

TOMMY Die schwarze Miss Fitt.

MR. BARRELL Wo ist denn ihr Kopf?

MRS. ROONEY So, meine Liebe, von mir aus kann's weitergehen. *Sie quälen sich die restlichen Stufen hinauf.* Platz da, ihr Lümmel.

Gescharr ihrer Füße, während sie zur Seite treten.

WEIBL. STIMME Paß auf, Dolly!

MRS. ROONEY Danke, Miss Fitt, vielen Dank, das genügt, lehnen Sie mich einfach an die Wand wie einen aufgerollten Teppich, das wäre vorläufig alles. *Pause.* Es tut mir leid, Miss Fitt, dieses ganze Trara, wenn ich gewußt hätte, daß Sie Ihre Mutter suchen, hätte ich Sie nicht belästigt; ich weiß, was das heißt.

MR. TYLER *verwundert zur Seite:* Trara!

WEIBL. STIMME Komm, Dolly, Liebling, wir wollen uns dahinstellen, wo das I. Klasse Raucherabteil hält. Gib mir dein Händchen und halte dich gut an mir fest, die Züge saugen einen manchmal förmlich unter die Räder.

MR. TYLER Sie haben Ihre Mutter verloren, Miss Fitt?

MISS FITT Guten Morgen, Mr. Tyler.

MR. TYLER Guten Morgen, Miss Fitt.

MR. BARRELL Guten Morgen, Miss Fitt.

MISS FITT Guten Morgen, Mr. Barrell.

MR. TYLER Sie haben Ihre Mutter verloren, Miss Fitt?

MISS FITT Sie sagte, sie käme mit dem letzten Zug.

MRS. ROONEY Denken Sie nicht, weil ich schweige, wäre ich nicht da und merkte nicht genau, was vorgeht.

MR. TYLER *zu Miss Fitt:* Wenn Sie sagen der letzte Zug ...

MRS. ROONEY Bilden Sie sich ja nicht ein, weil ich mich im Augenblick abseits halte, hätte ich aufgehört zu leiden. Nein. Ich sehe alles: die Hügel, die Ebene, die Rennbahn mit ihrem kilometerlangen weißen Zaun und den drei roten Tribünen, den blitzsauberen kleinen Landbahnhof und Sie alle, ja wirklich, und über allem die Wolkenmassen, die den blauen Himmel verdecken, ich sehe alles, ich stehe hier und sehe alles mit Augen ... *Die Stimme bricht* ... durch Augen ... oh, wenn Sie meine Augen hätten ... würden Sie es verstehen ... was die gesehen haben ... ohne wegzuschauen ... dies ist nichts dagegen ... gar nichts ... was habe ich nur mit dem Taschentuch gemacht? *Pause.*

MR. TYLER *zu Miss Fitt:* Wenn Sie sagen, der letzte Zug –

Mrs. Rooney putzt sich laut und vernehmlich die Nase – wenn Sie sagen, der letzte Zug, Miss Fitt, meinen Sie doch sicher den Zwölfuhrdreißig.

MISS FITT Welchen wohl sonst, Mr. Tyler, welchen könnte ich logischerweise sonst wohl meinen?

MR. TYLER Dann können Sie ganz beruhigt sein, Miss Fitt, denn der Zwölfuhrdreißig ist noch nicht hier. Sehen Sie da. *Miss Fitt schaut hin.* Nein, da an der Strecke. *Miss Fitt schaut hin. Geduldig:* Nein, Miss Fitt, sehen Sie in Richtung meines Zeigefingers. *Miss Fitt schaut hin.* Da. Jetzt sehen Sie's. Das Signal. In der lüsternen Waagerechten von neun Uhr. *Er verbessert sich bedauernd.* Oder drei, leider! *Mr. Barrell unterdrückt ein maliziöses Lachen.* Danke, Mr. Barrell.

MISS FITT Aber der Zeiger steht doch schon auf ...

MR. TYLER *geduldig:* Das wissen wir alle, Miss Fitt, wir alle wissen nur zu gut, wo der Zeiger steht, und doch ist nicht an der Tatsache zu rütteln, daß der Zwölfuhrdreißig noch nicht hier ist.

MISS FITT Doch wohl kein Unglück? *Pause.* Sagen Sie nur nicht, er sei entgleist. *Pause.* Oh, armes Mütterchen! Mit der frischen Seezunge fürs Mittagessen!

Lautes Gekicher von Tommy, den Mr. Barrell wie vorher zurechtweist.

MR. BARRELL Nun ist's aber genug mit deinem Affentheater. Los, renn zum Stellwerk und frag Mr. Case, ob es was Neues gibt.

Tommy geht weg.

MRS. ROONEY *traurig:* Armer Dan!

MISS FITT *voller Angst:* Was ist denn nur Schreckliches geschehen?

MR. TYLER Nun, nun, Miss Fitt, verlieren Sie nur nicht ...

MRS. ROONEY *mit Nachdruck:* Armer Dan!

MR. TYLER Nun, nun, Miss Fitt, verlieren Sie nur nicht die Fassung ... es wird schon alles in Ordnung kommen ... am Ende. *Leise zu Mr. Barrell:* Unter uns, was ist denn eigentlich passiert, Mr. Barrell? Ein Zusammenstoß? Das ist doch nicht möglich!

MRS. ROONEY *begeistert:* Ein Zusammenstoß! Oh, das wäre ja herrlich!

MISS FITT *entsetzt:* Ein Zusammenstoß! Das hatte ich im Gefühl!

MR. TYLER Kommen Sie, Miss Fitt, wir gehen etwas weiter den Bahnsteig rauf.

MRS. ROONEY Ja, ja, das wollen wir alle. *Pause.* Nein? *Pause.* Haben Sie es sich anders überlegt? *Pause.* Sie haben recht, wir bleiben besser hier, im Schatten des Wartesaals.

MR. BARRELL Entschuldigen Sie mich einen Augenblick.

MRS. ROONEY Bevor Sie sich davonschleichen, Mr. Barrell, bitte, geben Sie mir irgendeine Erklärung, ich bestehe darauf. Selbst der langsamste Zug kann auf dieser kurzen Strecke nicht völlig grundlos zehn Minuten oder noch mehr Verspätung haben, sollte man meinen. *Pause.* Wir wissen alle, daß Ihr Bahnhof so gut in Schuß ist wie kein anderer des ganzen Netzes, aber es gibt Zeiten, wo das nicht genügt, wo das einfach nicht genügt. *Pause.* Nun, Mr. Barrell, hören Sie schon auf, an Ihrem Backenbart herumzukauen, wir warten alle auf eine Erklärung – wir, die nächsten, wenn nicht teuersten Angehörigen der unglücklichen Fahrgäste.
Pause.

MR. TYLER *vernünftig:* Ich glaube in der Tat, daß man uns irgendeine Erklärung schuldig ist, Mr. Barrell, sei es auch nur, um uns zu beruhigen.

MR. BARRELL Ich weiß von nichts. Es muß irgendein Defekt vorliegen, mehr weiß ich nicht. Der ganze Zugverkehr hat Verspätung.

MRS. ROONEY *spöttisch:* Verspätung! Ein Defekt! Ach, diese Junggesellen! Wir verzehren uns hier in Angst um unsere Nächsten, und er nennt das einen Defekt! Alle unter uns, die mit dem Herzen und den Nieren zu tun haben, können jeden Moment zusammenbrechen, und er nennt das einen Defekt! In unseren Backöfen verkohlt der Sonntagsbraten, und er nennt das einen ...

MR. TYLER Da kommt ja Tommy! Er rennt sogar! Es freut mich doch, daß ich das noch erlebe!

TOMMY *aufgeregt, in der Ferne:* Er kommt. *Pause. Näherbei:* Er ist schon am Bahnübergang!

Sofort laute Bahnhofsgeräusche. Klingeln, fallende Signale, Pfiffe, Geräusch des durchbrausenden D-Zuges.

MRS. ROONEY *das Getöse des Zuges übertönend:* Der D-Zug! Der D-Zug! *Der D-Zug verschwindet in der Ferne, der Personenzug aus der anderen Richtung kommt näher, läuft in den Bahnhof ein, hält, lautes Dampfgezisch und Aneinanderschlagen der Puffer. Reisende steigen aus, Türen werden zugeschlagen, Mr. Barrell ruft: Boghill! Boghill! usw. Aus vollem Halse:* Dan! – Ist alles in Ordnung? ... Wo ist er nur? ... Dan! ... Haben Sie nicht meinen Mann gesehen? ... Dan! ... *Der Bahnsteig leert sich. Der Schaffner pfeift. Der Zug fährt ab und verschwindet in der Ferne. Stille.* Er ist nicht drin! Was habe ich durchmachen müssen, bis ich erst mal hier war, und nun ist er nicht drin! ... Mr. Barrell! ... War er nicht drin? *Pause.* Ist irgend etwas passiert? Haben Sie ein Gespenst gesehen? *Pause.* Tommy! ... War mein armer Mann nicht drin?

TOMMY Er wird gleich hier sein, Ma'am, Jerry kümmert sich um ihn.

Mr. Rooney erscheint plötzlich auf dem Bahnsteig, kommt langsam am Arm des kleinen Jungen Jerry näher. Er ist blind, stößt mit seinem Stock auf den Boden und keucht ununterbrochen.

MRS. ROONEY Oh, Dan! Da bist du ja! *Sie eilt ihm mit schleppenden Schritten entgegen. Sie erreicht ihn, beide bleiben stehen.* Wo hast du bloß gesteckt?

MR. ROONEY *kühl:* Maddy.

MRS. ROONEY Wo warst du die ganze Zeit?

MR. ROONEY Auf dem Abort.

MRS. ROONEY Küß mich!

MR. ROONEY Dich küssen? In aller Öffentlichkeit? Auf dem Bahnsteig? Vor dem Jungen? Bist du von allen guten Geistern verlassen?

MRS. ROONEY Jerry würde es nichts ausmachen. Nicht wahr, Jerry?

JERRY Nein, Ma'am.

MRS. ROONEY Wie geht's deinem armen Vater?

JERRY Sie haben ihn abgeholt, Ma'am.

MRS. ROONEY Dann bist du jetzt mutterseelenallein?

JERRY Ja, Ma'am.

MR. ROONEY Warum bist du überhaupt hier? Du hattest es mir nicht angekündigt.

MRS. ROONEY Ich wollte dich überraschen. Du hast doch heute Geburtstag.

MR. ROONEY Ich, Geburtstag.

MRS. ROONEY Erinnerst du dich nicht? Ich habe dir doch im Badezimmer gratuliert.

MR. ROONEY Davon habe ich nichts gemerkt.

MRS. ROONEY Ich hab' dir doch eine Krawatte geschenkt! Du hast sie um!

Pause.

MR. ROONEY Wie alt bin ich jetzt?

MRS. ROONEY Mach dir darüber keine Gedanken! Komm!

MR. ROONEY Warum hast du den Jungen nicht abbestellt? Jetzt werden wir ihm einen Penny geben müssen.

MRS. ROONEY *betrübt:* Ich hab's vergessen! Es war fürchterlich, der ganze Weg hierher. All diese widerlichen Leute. *Pause. Flehentlich:* Sei nett zu mir, Dan, bitte, sei nett zu mir heute!

MR. ROONEY Gib dem Jungen einen Penny.

MRS. ROONEY Hier sind zwei Halfpennies, Jerry, lauf und hol dir eine Eiswaffel!

JERRY Ja, Ma'am.

MR. ROONEY Hol mich Montag ab, wenn ich dann noch lebe.

JERRY Ja, Sir.

Er rennt davon.

MR. ROONEY Wir hätten sechs Pence sparen können. Wir haben nur fünf Pence gespart.

Pause. Aber um welchen Preis?

Sie gehen langsam Arm in Arm den Bahnsteig entlang. Schleppende Schritte, Keuchen, Aufstoßen des Stocks.

MRS. ROONEY Fühlst du dich nicht wohl?

Sie bleiben auf Mr. Rooneys Veranlassung stehen.

MR. ROONEY Ein für allemal, verlange nicht, daß ich gleichzeitig spreche und gehe. Das werde ich dir in diesem Leben nicht noch einmal sagen.

Sie gehen weiter. Schleppende Schritte. Sie bleiben oben auf der Treppe stehen.

MRS. ROONEY Fühlst du dich nicht ...

MR. ROONEY Laß uns erst diesen Abgrund hinter uns bringen.

MRS. ROONEY Leg deinen Arm um mich.

MR. ROONEY Hast du wieder getrunken? *Pause.* Du zitterst ja wie Espenlaub. *Pause.* Bist du überhaupt noch imstande, mich zu führen? *Pause.* Wir werden in den Graben fallen.

MRS. ROONEY Oh, Dan! Es wird wieder wie früher sein!

MR. ROONEY Nimm dich zusammen oder ich schicke Tommy nach der Droschke. Dann werden wir, anstatt sechs Pence gespart zu haben, nein, fünf Pence, sogar noch draufzahlen ... *rechnet murmelnd vor sich hin* ... zwei und drei weniger sechs eins und nein plus eins eins und nein plus drei eins und neun und eins zehn und drei zwei und eins. *Mit normaler Stimme:* Wir würden die Summe von zwei Schillingen und einem Penny verschleudert haben. *Pause.* Die verfluchte Sonne hat sich verkrochen. Wie sieht der Himmel aus? *Wind.*

MRS. ROONEY Er ist kaum noch zu sehen, der schönste Teil des Tages ist vorbei. *Pause.* Bald werden die ersten dikken Tropfen klatschend in den Staub fallen.

MR. ROONEY Und dabei stand das Barometer auf »sehr

trocken«. *Pause.* Wir wollen schnell nach Hause laufen und uns an den Kamin setzen. Wir lassen die Jalousien herunter, und du wirst mir vorlesen. Mir schwant, Effi wird fallen und mit dem Major Ehebruch begehen. *Kurzes Schlurfen der Füße.* Warte! *Sie bleiben stehen, Stock klopft auf die Stufen.* Ich bin diese Stufen nun fünftausendmal herauf- und heruntergegangen, und ich weiß noch immer nicht, wieviele es sind. Wenn ich glaube, daß es sechs waren, sind es vier oder fünf oder sieben oder acht, und wenn ich mich erinnere, daß es fünf waren, sind es drei oder vier oder sechs oder sieben, und wenn mir schließlich bewußt wird, daß es sieben sind, sind es fünf oder sechs oder acht oder neun. Manchmal glaube ich fast, daß man sie über Nacht ändert. *Pause. Gereizt:* Nun? Wie viele zählst du heute?

MRS. ROONEY Verlang nicht von mir, daß ich zähle, Dan, jetzt nicht.

MR. ROONEY Nicht zählen? Eine der wenigen Freuden im Leben?

MRS. ROONEY Nicht die Stufen, Dan, bitte, ich verzähle mich immer. Du könntest dann auf deine Wunde fallen, und das käme noch zu all dem Mist hinzu, den ich schon mit mir herumzuschleppen habe. Nein, halte dich nur an mir fest, und alles wird prima gehen.

Sie steigen die Treppen hinunter. Keuchen. Stolpern, Ausrufe, Flüche, Stille.

MR. ROONEY Prima! Das nennst du prima?

MRS. ROONEY Wir sind unten. Und nicht einmal schlecht.

Schweigen. Ein Esel iaht. Schweigen. Das war ein echter Esel. Sein Vater und seine Mutter waren Esel. *Schweigen.*

MR. ROONEY Weißt du was, ich glaube, ich werde mich zur Ruhe setzen.

MRS. ROONEY *entgeistert:* Zur Ruhe setzen! Und zu Hause leben? Von deiner Rente?

MR. ROONEY Nie mehr diese verfluchten Stufen betreten! Zum letzten Mal diese verteufelte Straße entlangtappen.

Zu Hause auf den Resten meines Hintern sitzen und die Stunden zählen – bis zu nächsten Mahlzeit. *Pause.* Der bloße Gedanke daran belebt mich! Vorwärts, solange es dauert.

Sie gehen weiter. Schleppende Schritte, Keuchen, Aufstoßen des Stocks.

MRS. ROONEY Vorsicht, jetzt kommt das Trottoir ... Hoppla! ... Bravo! Nun kann nichts mehr passieren, wir haben freie Bahn nach Hause.

MR. ROONEY *ohne stehenzubleiben zwischen keuchenden Atemzügen:* Freie Bahn! ... Sie nennt das ... freie Bahn! ...

MRS. ROONEY Sei still! Nicht sprechen, wenn du gehst; du weißt, es ist nicht gut für deine Angina pectoris. *Schleppende Schritte usw. Plötzlich bleiben sie auf Mrs. Rooneys Veranlassung stehen.* Himmel! Ich wußte, daß etwas nicht stimmte! Bei all der Aufregung hab' ich gar nicht mehr dran gedacht!

MR. ROONEY *ruhig:* Großer Gott!

MRS. ROONEY Du mußt es doch wissen, Dan, natürlich, du warst ja drin. Was ist denn nur passiert? Sag doch!

MR. ROONEY Ich wüßte nicht, daß je etwas passiert wäre.

MRS. ROONEY Du mußt es aber ...

MR. ROONEY *heftig:* Dieses Stehenbleiben und wieder Weitergehen ist die Hölle! Ich habe mich kaum in Bewegung gesetzt und komme gerade in Schwung, da bleibst du plötzlich stocksteif stehen! Zweihundert Pfund ungesundes Fett! Wie kommst du überhaupt dazu, mich abzuholen. Laß mich los!

MRS. ROONEY *in großer Aufregung:* Nein, ich will es wissen, wir gehen keinen Schritt weiter, bevor du es mir nicht gesagt hast. 15 Minuten Verspätung! Bei einer Fahrzeit von 30 Minuten! Das gibt es doch gar nicht!

MR. ROONEY Ich weiß von nichts. Laß mich los, bevor ich dich abschüttle.

MRS. ROONEY Du mußt es aber wissen! Du warst doch drin! War es bei der Abfahrt? Seid ihr pünktlich abgefahren?

Oder war es auf der Strecke? *Pause.* Ist irgend etwas auf der Strecke passiert? *Pause.* Dan! *Gebrochen:* Warum willst du es mir nicht sagen?

Schweigen. Sie gehen weiter. Schleppende Schritte usw. Sie bleiben stehen. Pause.

MR. ROONEY Arme Maddy! *Pause. Kindergeschrei.* Was war das?

Pause, während der sich Mrs. Rooney vergewissert.

MRS. ROONEY Die Lynch-Zwillinge johlen hinter uns her.

Schreie.

MR. ROONEY Ob sie uns heute mit Dreck bewerfen, meinst du?

Schreie.

MRS. ROONEY Komm, wir machen kehrt und bieten ihnen die Stirn. *Schreie. Sie drehen um. Stille.* Droh ihnen mit dem Stock. *Stille.* Sie sind weggelaufen.

Pause.

MR. ROONEY Hast du jemals ein Kind umbringen wollen? *Pause.* Ein junges Unglück im Keim ersticken. *Pause.* Manchmal nachts, im Winter, auf der stockdunklen Landstraße nach Hause hätte ich fast den Jungen angegriffen. *Pause.* Armer Jerry. *Pause.* Was hielt mich damals zurück? *Pause.* Nicht die Angst vor den Menschen. *Pause.* Sollen wir jetzt ein wenig rückwärts weitergehen?

MRS. ROONEY Rückwärts?

MR. ROONEY Ja. Oder du vorwärts und ich rückwärts. Das ideale Paar. Wie Dantes Verdammte, die Gesichter abgewandt, daß die Tränen über unsern Hintern fließen.

MRS. ROONEY Was ist los, Dan? Geht es dir nicht gut?

MR. ROONEY Gut? Hast du jemals erlebt, daß es mir gut ging? An dem Tag, an dem du mich kennenlerntest, hätte ich eigentlich im Bett sein sollen. An dem Tag, an dem du um meine Hand anhieltest, gaben mich die Ärzte auf. Das wußtest du, nicht wahr? In der Nacht, in der du mich heiratetest, holte man mich mit dem Krankenwagen ab. Ich nehme an, daß du das nicht vergessen hast? *Pause.*

Nein, man kann von mir nicht sagen, daß es mir gut geht. Aber es geht mir nicht schlechter. Es geht mir sogar besser als früher. Der Verlust meines Augenlichts hat mich aufgeputscht. Wenn ich taubstumm würde, könnte ich weiterkeuchen, bis ich hundert bin. Oder bin ich es schon? *Pause.* Bin ich heute hundert geworden? *Pause.* Bin ich hundert, Maddy?

Schweigen.

MRS. ROONEY Alles ist still. Keine Menschenseele in Sicht. Niemand ist da, den ich fragen könnte. Alles ißt und frißt. Der Wind – *kurzer Windstoß* – bewegt die Blätter kaum, und die Vögel – *kurzes Zwitschern* – sind des Singens müde. Die Kühe – *kurzes Muhen* – und Schafe – *kurzes Blöken* – dösen vor sich hin. Die Hunde – *kurzes Bellen* – schweigen, und die Hühner – *kurzes Gackern* – räkeln sich träge im Staub. Wir sind allein. Niemand ist da, den ich fragen könnte.

Schweigen.

MR. ROONEY *räuspert sich, in erzählendem Ton:* Wir sind Punkt zwölf Uhr abgefahren, das kann ich beschwören. Ich war –

MRS. ROONEY Wieso kannst du das beschwören?

MR. ROONEY *normaler Ton, ärgerlich:* Ich kann es beschwören, sag ich dir! Willst du, daß ich meinen Bericht erstatte oder nicht? *Pause. In erzählendem Ton:* Um Punkt zwölf Uhr. Ich war allein im Abteil, wie gewöhnlich. Das hoffe ich jedenfalls, denn ich habe mich ganz zwanglos verhalten, ganz ungebührlich. Mein Verstand – *Normaler Ton:* Aber warum setzen wir uns nicht irgendwo hin? Haben wir Angst, daß wir nie wieder aufstehen könnten?

MRS. ROONEY Hinsetzen, worauf?

MR. ROONEY Auf eine Bank, zum Beispiel.

MRS. ROONEY Es ist keine Bank da.

MR. ROONEY Dann auf einen Grabenrand. Lassen wir uns auf einen Grabenrand nieder.

MRS. ROONEY Es ist kein Grabenrand da.

MR. ROONEY Dann geht es nicht. *Pause.* Ich träume von anderen Straßen, in anderen Ländern. Von einem anderen Heim, einem anderen – *Er zögert.* Heim. *Pause.* Was wollte ich eigentlich sagen?

MRS. ROONEY Irgend etwas über deinen Verstand.

MR. ROONEY *erschrocken:* Meinen Verstand? Bist du sicher? *Pause. Ungläubig:* Meinen Verstand? ... *Pause.* Ach ja. *In erzählendem Ton:* Allein im Abteil, begann mein Verstand zu arbeiten, wie so oft nach Feierabend, auf der Heimfahrt, im Zug, im Takt der ratternden Räder. Deine Monatskarten, sagte ich mir, kosten dich 12 Pfund im Jahr, und du verdienst, alles in allem, sieben Schillinge pro Tag, gerade genug, um dich mit Butterbroten, Bier und Tabak über Wasser zu halten, bis du schließlich nach Hause fahren kannst, um ins Bett zu sinken. Dazu kommt dann noch die Miete, die Versicherungen, alle möglichen Beiträge, Heizung und Licht, Gebühren und Steuern, Haarschneiden und Rasieren, Trinkgelder für freiwillige Begleiter, Unterhalt des Büros und persönlicher Aufwand, dann und wann eine Briefmarke usw. – was alles abzuziehen ist. Wenn du dagegen zu Hause bliebst, im Bett, Tag und Nacht, Sommer und Winter, und nur alle zwei Wochen den Pyjama wechseln würdest, könntest du dein Einkommen beträchtlich erhöhen. Das Geschäft, sagte ich – *Ein Schrei. Pause. Wieder normaler Ton:* War das ein Schrei?

MRS. ROONEY Mrs. Tully wahrscheinlich. Ihr armer Mann hat ständig Schmerzen und schlägt sie erbarmungslos.

Schweigen.

MR. ROONEY *enttäuscht:* Schon vorbei? *Pause.* Wovon sprach ich gerade?

MRS. ROONEY Vom Geschäft.

MR. ROONEY Ach ja, vom Geschäft. *In erzählendem Ton:* Ich sagte mir, alter Knabe, zieh dich vom Geschäft zurück, es hat sich von dir zurückgezogen. *Normaler Ton:* Man hat solche hellen Momente.

MRS. ROONEY Mir ist eiskalt, ich kann nicht mehr.

MR. ROONEY *in erzählendem Ton:* Andererseits, so sagte ich mir, sind da die Schrecken des häuslichen Lebens, das Staubwischen, Fegen, Lüften, Schrubben, Bohnern, Waschen, Mangeln, Trocknen, Mähen, Harken, Walzen, Jäten, Schippen, Mahlen, Stoßen, Schlagen und Klappern. Und die Blagen, die glücklichen kleinen, herzigen kleinen, heulenden Blagen nebenan. Du weißt ja, so sagte ich mir, wie es am Wochenende zugeht, wie sie am hochheiligen Sonntag herumtoben. Wie mag das erst an einem Werktag sein? Einem Mittwoch? Einem Freitag? Wie mag das wohl an einem Freitag sein? Und ich fange an, von meinem Kellergeschoß in der ruhigen Sackgasse zu träumen, von meinem stillen Büro mit seinem verwitterten Namensschild, seiner Ruhecouch und seinen Sammetvorhängen, und es wird mir klar, was es bedeutet, dort lebendig begraben zu sein, sei es auch nur, von zehn bis fünf, mit einer Flasche Bier griffbereit auf der einen Seite und einem Brathering auf der anderen. Nichts, sagte ich mir, nicht einmal ein vollgültig bescheinigter Tod kann das je ersetzen. Und in dem Moment merkte ich, daß wir den toten Punkt längst erreicht hatten. *Pause. Normaler Ton. Irritiert:* Warum klammerst du dich so an mich? Wirst du weich in den Knien?

MRS. ROONEY Ich bin halb erfroren, ich kann nichts dafür. Der Wind – *pfeifender Wind* – pfeift durch mein Sommerkleid, als ob ich nichts anhätte über meiner Hemdhose. Ich habe seit meinem Elfuhrtee nichts mehr zu mir genommen.

MR. ROONEY Du hörst mir nicht mehr zu. Ich spreche – und du hörst nur den Wind.

MRS. ROONEY Nein, nein, ich hänge an deinen Lippen, erzähl mir alles und dann weiter, mit vollen Segeln, sonder Rast und Ruh, bis zum sicheren Hafen!

Pause.

MR. ROONEY Sonder Rast und Ruh! ... Bis zum sicheren

Hafen! ... Weißt du, Maddy, manchmal könnte man meinen, daß du dich mit einer toten Sprache herumschlägst.

MRS. ROONEY Ja, das stimmt, Dan, ich weiß nur zu gut, was du meinst, ich habe selbst oft das Gefühl, es ist unsagbar quälend.

MR. ROONEY Ich gebe zu, daß es mir manchmal genauso geht, wenn ich einmal zufällig höre, was ich sage.

MRS. ROONEY Weißt du, sie wird auch eines Tages tot sein, wie unser armes geliebtes Gälisch, das muß man sich sagen.

Herzzerreißendes Blöken.

MR. ROONEY *erschrocken:* Großer Gott!

MRS. ROONEY Oh, das süße wollige Lämmchen schreit nach seiner Mutter. Ihre Sprache hat sich nicht geändert seit Arkadien.

Pause.

MR. ROONEY Wo war ich stehengeblieben in meinem Bericht?

MRS. ROONEY Bei dem toten Punkt.

MR. ROONEY Ach ja. *Er räuspert sich. In erzählendem Ton:* Ich schloß daraus, daß es eine Station war und wir bald weiterfahren würden; ich blieb also sitzen, ohne mir etwas dabei zu denken. Kein Laut. Alles ist so still heute, sagte ich mir, keiner steigt aus, keiner steigt ein. Als jedoch die Zeit verging und noch immer nichts geschah, erkannte ich meinen Irrtum. Es war keine Station.

MRS. ROONEY Bist du nicht aufgesprungen und ans Fenster gestürzt?

MR. ROONEY Was hätte mir das schon nützen können?

MRS. ROONEY Du hättest gerufen, bis einer gekommen wäre, um dir zu sagen, was los war.

MR. ROONEY Es war mir egal, was los war. Nein, ich blieb einfach sitzen und sagte mir, wenn dieser Zug nie wieder von der Stelle rückte, würde es mir auch nicht viel ausmachen. Dann spürte ich allmählich ein – wie soll ich sagen – ein Verlangen in mir aufsteigen – weißt du –

ein unwiderstehliches Verlangen. Nervöser Art wahrscheinlich. Ja, jetzt ist es mir ganz klar. Weißt du, das Gefühl, in der Falle zu stecken.

MRS. ROONEY Ja, ja, das habe ich auch schon durchgemacht.

MR. ROONEY Wenn wir hier noch länger festsitzen, sagte ich mir, weiß ich wirklich nicht, was aus mir werden soll. Ich stand auf und ging zwischen den Sitzen hin und her wie ein Tier im Käfig.

MRS. ROONEY Das hilft manchmal.

MR. ROONEY Nach einer Ewigkeit, wie mir schien, fuhren wir schließlich ab. Und als nächstes hörte ich Barrell den widerlichen Namen brüllen. Ich stieg aus, und Jerry führte mich zum Abort. Nichts zu machen! *Pause.* Den Rest kennst du. *Pause.* Du sagst ja gar nichts. *Pause.* Sag doch was, Maddy. Sag, daß du mir glaubst.

MRS. ROONEY Ich erinnere mich, daß ich einmal zu einem Vortrag von einem dieser neumodischen Ärzte war, ich weiß nicht mehr, wie man sie nennt. Er sprach –

MR. ROONEY Ein Irren-Spezialist?

MRS. ROONEY Nein, nein, nur für geistige Nöte. Ich hoffte, daß er etwas Licht in meinen alten, unwiderstehlichen Drang zu Pferdehintern bringen würde.

MR. ROONEY Ein Veterinär?

MRS. ROONEY Nein, nein, nur für geistiges Elend, der Name wird mir nachts wieder einfallen. Ich erinnere mich, wie er uns die Geschichte eines kleinen Mädchens erzählte, das sehr seltsam und unglücklich in seiner Art war, und wie er die Kleine jahrelang erfolglos behandelte und schließlich gezwungen war, den Fall aufzugeben. Er sagte, daß ihr nichts fehlte. Das einzige, was ihr fehlte, war, soweit er feststellen konnte, daß sie dahinstarb. Und nachdem er seine Hände in Unschuld gewaschen hatte, ist sie tatsächlich kurz darauf gestorben.

MR. ROONEY Nun, was ist daran so außergewöhnlich?

MRS. ROONEY Nichts, nur etwas, was er sagte und wie er es sagte, verfolgt mich seitdem.

MR. ROONEY Du liegst nachts wach, drehst dich von einer Seite auf die andere und grübelst darüber nach.

MRS. ROONEY Darüber und über andere ... schlimme Dinge. *Pause.* Als er mit der Kleinen fertig war, blieb er regungslos stehen, eine ganze Zeit lang, wohl zwei Minuten, und starrte hinunter auf sein Pult. Dann hob er plötzlich den Kopf und rief, als ob er eine Erleuchtung gehabt hätte: Sie war niemals richtig geboren worden, das war's, was ihr fehlte. *Pause.* Er sprach die ganze Zeit ohne Notizen. *Pause.* Ich ging, bevor es zu Ende war.

MR. ROONEY Gar nichts über deine Pferdehintern? *Mrs. Rooney weint. Liebevoll ermunternd:* Maddy!

MRS. ROONEY Man kann nichts für solche Leute tun!

MR. ROONEY Für was kann man es? *Pause.* Das klingt irgendwie nicht richtig. *Pause.* In welche Richtung schaue ich?

MRS. ROONEY Was?

MR. ROONEY Ich habe vergessen, in welche Richtung ich schaue.

MRS. ROONEY Du hast dich zur Seite gewendet, du stehst über den Graben gebeugt.

MR. ROONEY Da unten liegt ein toter Hund.

MRS. ROONEY Nein, nein, nur verfaulte Blätter.

MR. ROONEY Im Juni? Verfaulte Blätter im Juni?

MRS. ROONEY Ja, mein Lieber, vom vorigen Jahr, vom vorvorigen Jahr und noch vom Jahr davor. *Schweigen. Regnerischer Wind. Sie gehen weiter. Schleppende Schritte usw.* Da ist ja wieder mein lieblicher Goldregen. Er verliert alle seine Dolden, der Arme. *Schleppende Schritte usw.* Die ersten Tropfen fallen. *Regen. Schleppende Schritte usw.* Goldener Sprühregen ... *Schleppende Schritte usw.* Kümmere dich nicht um mich, Lieber, ich rede nur so vor mich hin. *Stärkerer Regen, schleppende Schritte usw.* Können Maulesel sich eigentlich fortpflanzen, frage ich mich.

Sie bleiben auf Mr. Rooneys Veranlassung stehen.

MR. ROONEY Was?

MRS. ROONEY Komm, mein Lieber, kümmere dich nicht um mich, wir werden klatschnaß.

MR. ROONEY *eindringlich:* Wer soll was können?

MRS. ROONEY Maulesel. Sich fortpflanzen. *Schweigen.* Sind Maulesel oder Mulis nicht impotent oder steril oder wie das heißt? *Pause.* Es war nämlich kein Eselsfüllen, ich habe den Theologie-Professor gefragt.

Pause.

MR. ROONEY Der müßte es wissen.

MRS. ROONEY Ja, es war ein Maulesel, er ritt nach Jerusalem oder wohin auch immer, auf einem Maulesel. *Pause.* Das muß doch etwas bedeuten. *Pause.* Das ist wie mit den Sperlingen, daß wir viel mehr wert sind denn sie, es waren überhaupt keine Sperlinge.

MR. ROONEY Viel mehr denn sie ... Du übertreibst, Maddy!

MRS. ROONEY *bewegt:* Es waren überhaupt keine Sperlinge!

MR. ROONEY Erhöht das unsern Wert?

Schweigen. Sie gehen weiter. Wind und Regen. Schleppende Schritte usw. Sie bleiben stehen.

MRS. ROONEY Brauchst du Mist? *Schweigen. Sie gehen weiter. Wind und Regen usw. Sie bleiben stehen.* Warum bleibst du stehen? Willst du etwas sagen?

MR. ROONEY Nein.

MRS. ROONEY Warum bleibst du denn stehen?

MR. ROONEY Es ist leichter.

MRS. ROONEY Bist du sehr naß?

MR. ROONEY Bis aufs Mark.

MRS. ROONEY Wir werden all unsere Sachen auf den Trokkenboden hängen und den Morgenrock anziehen. *Pause.* Leg deinen Arm um mich. *Pause.* Sei nett zu mir! *Pause. Dankbar:* Ach Dan! *Sie gehen weiter. Wind und Regen. Schleppende Schritte usw. Leise Musik, die gleiche wie vorher. Sie bleiben stehen. Die Musik wird lauter. Stille, nur Musik. Die Musik verstummt.* Den ganzen Tag dieselbe alte Platte. Ganz allein in dem alten, verfallenen Haus. Sie muß schon eine uralte Frau sein, jetzt.

MR. ROONEY *undeutlich:* »Der Tod und das Mädchen.«

Schweigen.

MRS. ROONEY Du weinst. *Pause.* Weinst du?

MR. ROONEY *heftig:* Ja! *Sie gehen weiter. Wind und Regen. Schleppende Schritte usw. Sie bleiben stehen. Sie gehen weiter. Wind und Regen. Schleppende Schritte usw. Sie bleiben stehen.* Wer hält die Predigt morgen? Wieder der Alte?

MRS. ROONEY Nein.

MR. ROONEY Gott sei Dank. Wer denn?

MRS. ROONEY Hardy.

MR. ROONEY Der das Buch »Verheiratet und doch glücklich« geschrieben hat?

MRS. ROONEY Ach was, der ist doch längst tot. Hat überhaupt nichts damit zu tun.

MR. ROONEY Hat er den Text schon angekündigt?

MRS. ROONEY »Der Herr erhält alle, die da fallen, und richtet auf alle, die niedergeschlagen sind.« *Schweigen. Beide brechen in wildes Gelächter aus. Sie gehen weiter. Wind und Regen. Schleppende Schritte usw.* Halt mich fester, Dan! *Pause.* Oh, ja.

Sie bleiben stehen.

MR. ROONEY Ich höre etwas hinter uns.

Pause.

MRS. ROONEY Es sieht aus wie Jerry. *Pause.* Es ist Jerry.

Jerry kommt rennend hinter ihnen her. Er bleibt neben ihnen stehen, keuchend.

JERRY *keuchend:* Sie haben etwas fallen lassen –

MRS. ROONEY Laß dir Zeit, mein Junge, sonst platzt dir noch eine Ader.

JERRY *keuchend:* Sie haben etwas fallen lassen, Sir, Mr. Barrell sagte mir, ich solle Ihnen nachlaufen.

MRS. ROONEY Zeig her. *Sie nimmt den Gegenstand.* Was ist das? *Sie sieht ihn genau an.* Was ist das für ein Ding, Dan?

MR. ROONEY Vielleicht gehört es mir gar nicht.

JERRY Mr. Barrell sagte, es gehöre Ihnen, Sir.

MRS. ROONEY Es sieht aus wie ein kleiner Ball. Und doch ist es kein Ball.

MR. ROONEY Gib es mir.

MRS. ROONEY *gibt es ihm:* Was i s t das, Dan?

MR. ROONEY Es ist etwas, das ich immer bei mir trage.

MRS. ROONEY Ja, aber was . . .

MR. ROONEY *heftig:* Es ist etwas, das ich immer bei mir trage!

Schweigen. Mrs. Rooney sucht nach einem Penny.

MRS. ROONEY Ich habe kein Kleingeld. Hast du etwas?

MR. ROONEY Ich habe überhaupt keins.

MRS. ROONEY Wir haben kein Kleingeld, Jerry. Erinnere Mr. Rooney Montag daran, daß er dir einen Penny gibt für deine Mühe.

JERRY Ja, Ma'am.

MR. ROONEY Wenn ich noch lebe.

JERRY Ja, Sir.

Jerry rennt wieder zurück zum Bahnhof.

MRS. ROONEY Jerry! *Jerry bleibt stehen.* Weißt du, was das für ein Defekt war? *Pause.* Weißt du, warum der Zug soviel Verspätung hatte?

MR. ROONEY Wie sollte er das wissen? Komm.

MRS. ROONEY Was war's, Jerry?

JERRY Es war ein –

MR. ROONEY Laß den Jungen in Ruhe, er weiß nichts! Komm!

MRS. ROONEY Was war's, Jerry?

JERRY Es war ein kleines Kind, Ma'am.

Mr. Rooney stöhnt.

MRS. ROONEY Was meinst du damit, es war ein kleines Kind?

JERRY Es war ein kleines Kind, das aus dem Zug gefallen ist, Ma'am. *Pause.* Auf die Schienen, Ma'am. *Pause.* Unter die Räder, Ma'am.

Schweigen. Jerry rennt weg. Seine Schritte verhallen. Stürmischer Wind und Regen, der allmählich nachläßt. Sie gehen weiter. Schleppende Schritte usw. Sie bleiben stehen. Sturm und Regen.

Aschenglut

Hörspiel

Originaltitel: ›Embers‹
Aus dem Englischen von Erika und Elmar Tophoven

Personen: Henry · Ada · Addie · Klavierlehrer · Reitlehrer

See, kaum hörbar.
Henry's Stiefel auf Meerkies. Er bleibt stehen.
See, ein wenig lauter.

HENRY Weiter. *See. Stimme lauter:* Weiter! *Er geht weiter. Stiefel auf Meerkies. Während er geht:* Halt. *Stiefel auf Meerkies. Während er geht, lauter:* Halt! *Er bleibt stehen. See, ein wenig lauter.* Setzen! *See. Stimme lauter:* Setzen! *Rutschender Meerkies, während er sich setzt. See, schwach und stets hörbar, wenn im folgenden eine Pause angegeben ist.* Wer ist nun neben mir? *Pause.* Ein alter Mann, blind und blöd. *Pause.* Mein Vater, zurück von den Toten, um bei mir zu sein. *Pause.* Als ob er nicht gestorben wäre. *Pause.* Nein, bloß zurück von den Toten, um bei mir zu sein, an diesem seltsamen Ort. *Pause.* Kann er mich hören? *Pause.* Ja, er muß mich hören. *Pause.* Damit er mir antworte? *Pause.* Nein, er antwortet mir nicht. *Pause.* Nur um bei mir zu sein. *Pause.* Dies Geräusch, das du hörst, ist die See. *Pause. Lauter:* Ich sage, dies Geräusch, das du hörst, ist die See, wir sitzen auf dem Strand. *Pause.* Ich erwähne es, weil das Geräusch so seltsam ist, so anders als das Geräusch der See, daß, wenn du nicht wüßtest, woher es rührte, du auch nicht wüßtest, was es wäre. *Pause.* Hufe! *Pause. Lauter:* Hufe! *Geräusch von Hufen im Schritt auf hartem Pfad. Es erstirbt bald. Pause.* Nochmal! *Hufe wie zuvor. Pause. Erregt:* Ihm beibringen, auf der Stelle zu treten! Es mit Stahl beschlagen, im Hof anbinden und den ganzen Tag stampfen lassen! *Pause.* Ein Zehn-Tonnen-Mammut, zurück von den Toten, mit Stahl beschlagen und die Welt zertrampeln lassen! *Pause.* Hör dir das an! *Pause.* Höre nun das Licht, du liebtest immer Licht, kurz nach Mittag und die ganze Küste im Schatten und die See bis zum Eiland. *Pause.* Du mochtest nie auf dieser Seite der Bucht leben, du wolltest Sonne überm Wasser zum abendlichen Bad, das du einmal zu oft nahmst. Aber als ich dein Geld kriegte, zog ich zur anderen Seite, wie du vielleicht weißt. *Pause.* Wir fanden deinen Körper nie wieder, weißt du, das verzögerte die Testamentsvollstreckung unverzeihlich lange, sie sagten, es gebe keine Beweise dafür, daß du uns allen nicht davongelaufen seist und gesund und munter unter falschem Namen zum Beispiel in Südamerika lebtest. Was Mutter sehr vergrämte. *Pause.* Ich bin darin wie du, kann nicht davon lassen, aber ich gehe nie hinein, nein, ich glaube, zum letzten Mal bin ich mit dir hineingegangen. *Pause.* Nur bei ihr sein. *Pause.* Heute ist sie ruhig, aber ich höre sie oft oben im Haus und unterwegs und beginne zu sprechen, oh gerade laut genug, um sie zu übertäuben, niemand merkt es. *Pause.* Aber nun würde ich sprechen, ganz gleich wo ich wäre, ich fuhr einst in die Schweiz, um von dieser verfluchten Sache loszukommen, und ich hörte während der ganzen Zeit, die ich dort war, nie auf. *Pause.* Früher brauchte ich niemanden, nur zu mir selbst, Geschichten, eine war großartig, über einen alten Kerl namens Bolton, ich beendete sie nie, ich beendete keine von ihnen, ich beendete nie etwas, alles ging immer weiter für immer. *Pause.* Bolton. *Pause. Lauter:* Bolton! *Pause.* Dort am Feuer. *Pause.* Am Feuer und alle Fensterläden ... nein, Vorhänge, Vorhänge, alle Vorhänge zugezogen, und das Licht, kein Licht, nur das Licht des Feuers, so sitzt er dort in dem ... nein, er steht, steht er dort auf der Kaminmatte im Dunkeln am Feuer mit den Armen auf dem Sims und dem Kopf auf den Armen, so steht er dort und wartet im Dunkeln am Feuer in seinem alten roten Schlafrock, und keinerlei Geräusch im ganzen Haus, nur das Geräusch des Feuers. *Pause.* So steht er dort in seinem alten roten Schlafrock, der jeden Augenblick Feuer fangen kann, wie einst, als er ein Kind war, nein, das war sein Schlafanzug, so steht er dort und wartet im Dunkeln, kein Licht, nur das Licht des Feuers, und keinerlei Geräusch, nur das Feuer, ein alter Mann in großer Not. *Pause.* Dann schellt es an der Tür, und er geht hinüber ans Fenster und schaut zwischen den Vorhängen hinaus, feiner, alter Kerl, sehr groß und stark, helle Winternacht, Schnee überall, bittere Kälte, weiße Welt, Zedernzweige neigen sich unter der Last, und als dann der Arm sich hebt, um nochmal zu schellen, erkennt er ... Holloway ... *Lange Pause.* ... ja, Holloway, erkennt er Holloway, geht hinunter und öffnet. *Pause.* Draußen alles still, kein Geräusch, eine Hundekette vielleicht, oder ein knarrender Zweig, wenn man lange genug dort lauschte, weiße Welt, Holloway mit seiner kleinen schwarzen Tasche, kein Geräusch, bittere Kälte, Vollmond, klein und weiß, krumme Spur von Holloway's Galoschen, Wega in der Leier hellgrün. *Pause.* Wega in der Leier hellgrün. *Pause.* Folgendes Gespräch dann auf der Schwelle, nein, im Zimmer, wieder oben im Zimmer, folgendes Gespräch dann wieder oben im Zimmer, Holloway: »Mein lieber Bolton, es ist nun nach Mitternacht, würdest du so gut sein –«, kommt nicht weiter, Bolton: »Bitte! BITTE!« Totenstille dann, kein Geräusch, nur das Feuer, lauter Kohle, die nun niederbrennt, Holloway auf der Kaminmatte versucht, seinen Hintern zu wärmen, Bolton, wo ist Bolton, kein Licht, nur das Feuer, Bolton am Fenster, mit dem Rücken zu den Vorhängen, hält sie ein wenig auseinander mit der Hand, schaut hinaus, weiße Welt, sogar die Turmspitze, weiß bis zur Wetterfahne, höchst ungewöhnlich, Stille im Haus, kein Geräusch, nur das Feuer, keine Flammen mehr, Aschenglut. *Pause.* Aschenglut. *Pause.* Sie schiebt sich, gleitet, wie verstohlen, unheimliches Geräusch, Holloway auf der Matte, feiner alter Kerl, recht groß, stämmig, gespreizte Beine, die Hände hinterm Rücken halten die Schöße seines alten Überrocks, Bolton am Fenster, stattliche alte

Gestalt in dem alten roten Schlafrock, den Rücken gegen die Vorhänge, die ausgestreckte Hand weitet den Spalt, schaut hinaus, weiße Welt, große Not, kein Geräusch, nur die Aschenglut, Geräusch des Sterbens, sterbender Glut, Holloway, Bolton, Bolton, Holloway, alte Männer, große Not, weiße Welt, kein Geräusch. *Pause.* Hör dir das an! *Pause.* Schließ deine Augen und hör dir das an, was könnte es sein? *Pause. Heftig:* Ein Tropfen! Ein Tropfen! *Geräusch von Tropfen, schnell lauter werdend, plötzlich verstummend.* Nochmal! *Wieder Tropfen. Beginnt lauter zu werden.* Nein! *Tropfen verstummt. Pause.* Vater! *Pause. Aufgeregt:* Geschichten, Geschichten, Jahre um Jahre nur Geschichten, bis ich begann, jemanden zu brauchen, der bei mir wäre, irgend jemanden, einen Fremden, zu dem ich sprechen und mir einbilden könnte, er hörte mich, jahrelang so, und dann, nun, jemanden, der ... mich kannte, in den alten Tagen, irgend jemanden, der bei mir wäre, daß ich mir einbilden könnte, er höre mich, was ich bin, nun. *Pause.* Ging auch nicht. *Pause.* Auch da nicht. *Pause.* Versuche nochmal. *Pause.* Weiße Welt, kein Geräusch. *Pause.* Holloway. *Pause.* Holloway sagt, er wolle gehn, verdammt, die ganze Nacht an einem schwarzen Rost aufbleiben sollen, begreift es nicht, jemand herauszurufen, einen alten Freund, in Kälte und Dunkelheit, einen alten Freund, dringend nötig, bring die Tasche mit, dann kein Wort, keine Erklärung, keine Wärme, kein Licht, Bolton: »Bitte! BITTE!«, Holloway, keine Stärkung, kein Willkommen, durchkältet bis auf die medulla, sich den Tod holen, kann nicht begreifen, seltsame Behandlung, einen alten Freund, sagt, er wolle gehn, rührt sich nicht, kein Geräusch, sterbendes Feuer, weißer Strahl vom Fenster, grausige Szene, wollte Gott, er wäre nicht gekommen, geht nicht, Feuer aus, bittere Kälte, große Not, weiße Welt, kein Geräusch, geht nicht. *Pause.* Geht nicht. *Pause.* Kann es nicht. *Pause.* Hör dir das an! *Pause.* Vater! *Pause.* Du würdest mich nicht erkennen nun, du würdest es leid sein, mich je gehabt zu haben, aber du warst es schon, eine Niete, das ist das Letzte, was ich von dir zu hören kriegte, eine Niete. *Pause. Vaters Stimme nachahmend:* »Kommst du mit zu einem Sprung in die See?« »Nein.« »Los, komm schon, komm schon.« »Nein.« Bohrender Blick, zur Tür stapfen, umdrehen, bohrender Blick. »Eine Niete, das bist du und nichts anderes, eine Niete!« *Heftiges Zuknallen der Tür. Pause.* Nochmal! *Zuknallen. Pause.* Das Leben so zuknallen. *Pause.* Niete. *Pause.* Wollte Gott, sie hätte dich nie. *Pause.* Hast Ada nie gekannt, oder doch, ich weiß es nicht mehr, einerlei, nun würde sie keiner mehr kennen. *Pause.* Was sie wohl gegen mich aufgebracht hat, meinst du, das Kind wahrscheinlich, das schreckliche kleine Geschöpf, wollte Gott, wir hätten es nie gehabt, ich pflegte mit ihr durch die Felder zu spazieren, Jesus, es war furchtbar, sie wollte meine Hand nicht loslassen, und ich, des Sprechens überdrüssig: »Lauf mal, Addie, und schau dir die Lämmer an!« *Addies Stimme nachahmend:* »Nein, Papa.« »Nun geh schon, geh schon.« *Weinerlich:* »Nein, Papa.« *Heftig:* »Los, geh schon, wenn es dir gesagt wird und schau dir die Lämmer an!« *Addies lautes Gejammer. Pause.* Auch Ada, eine Unterhaltung mit ihr, das war so was, so ähnlich wird die Hölle sein, leeres Geschwätz neben dem Gemurmel der Lethe über die guten alten Tage, als wir wünschten, tot zu sein. *Pause.* Preis der Margarine vor fünfzig Jahren. *Pause.* Und heute. *Pause. Mit ernstem Unwillen:* Der Preis von Blauband heute! *Pause.* Vater! *Pause.* Bin es müde, mit dir zu sprechen. *Pause.* So war es immer, über das ganze Gebirg mit dir wandern, immerzu sprechend, und dann plötzlich verstummen und heim, jämmerlich, und kein Sterbenswörtchen davon zu niemandem über Wochen, mißmutiger kleiner Bankert, wärst besser tot, wärst besser tot. *Lange Pause.* Ada. *Pause. Lauter:* Ada!

ADA *leise, ferne Stimme von Anfang bis Ende:* Ja.

HENRY Bist du schon lange da?

ADA Eine kleine Weile. *Pause.* Warum hältst du inne, kümmere dich nicht um mich. *Pause.* Soll ich wieder gehen? *Pause.* Wo ist Addie? *Pause.*

HENRY Bei ihrem Klavierlehrer. *Pause.* Wirst du mir heute antworten?

ADA Du solltest nicht auf den kalten Steinen sitzen, das ist schlecht für deine Geschwulst. Erheb dich mal, damit ich mein Schultertuch unter dich schiebe. *Pause.* Ist es so besser?

HENRY Unvergleichlich, unvergleichlich. Wirst du dich neben mich setzen?

ADA Ja. *Kein Geräusch, als sie sich hinsetzt.* So? *Pause.* Oder möchtest du lieber so? *Pause.* Es ist dir gleich. *Pause.* Ziemlich kühl, wie mir scheint, ich hoffe, daß du deine Wollhose angezogen hast. *Pause.* Hast du deine Wollhose angezogen, Henry?

HENRY Es ist folgendes geschehen, ich zog sie an, und dann zog ich sie wieder aus und dann zog ich sie wieder an und dann zog ich sie wieder aus und dann zog ich sie wieder an und dann zog ich –

ADA Hast du sie nun an?

HENRY Ich weiß nicht. *Pause.* Hufe! *Pause. Lauter:* Hufe! *Geräusch von Hufen im Schritt auf hartem Pfad. Es erstirbt bald.* Nochmal! *Hufe wie zuvor. Pause.*

ADA Hast du sie gehört?

HENRY Nicht gut.

ADA Im Galopp?

HENRY Nein. *Pause.* Könnte ein Pferd auf der Stelle treten?

Pause.

ADA Ich bin nicht sicher, ob ich weiß, was du meinst.

HENRY *gereizt:* Könnte einem Pferd beigebracht werden, daß es anhält und mit seinen vier Beinen auf der Stelle tritt?

ADA Oh. *Pause.* Die Pferde, auf die ich immer setzte, taten es alle. *Sie lacht. Pause.* Lach doch, Henry, es kommt nicht alle Tage vor, daß ich einen Witz reiße. *Pause.* Lach doch, Henry, mir zuliebe.

HENRY Du möchtest, daß ich lache?

ADA Du konntest einst so bezaubernd lachen, ich glaube, das hat mich zuerst angezogen. Das und dein Lächeln. *Pause.* Komm, es wird so sein wie in alten Zeiten. *Pause. Er versucht zu lachen, vergeblich.*

HENRY Vielleicht sollte ich mit dem Lächeln beginnen. *Pause fürs Lächeln.* Hat dich das angezogen? *Pause.* Nun will ich es nochmal versuchen. *Langes, schreckliches Lachen.* Ist noch etwas von dem alten Zauber drin?

ADA Oh Henry! *Pause.*

HENRY Hör dir das an! *Pause.* Lippen und Krallen! *Pause.* Davon loskommen! Wo sie mich nicht erreichen könnte! Die Pampa! Wie?

ADA Beruhige dich.

HENRY Und ich lebe an ihrem Rand! Warum? Berufliche Pflichten? *Kurzes Lachen.* Gesundheitliche Gründe? *Kurzes Lachen.* Familiäre Bindungen? *Kurzes Lachen.* Eine Frau? *Lachen, in das sie einfällt.* Irgendein altes Grab, von dem ich mich nicht losreißen kann? *Pause.* Hör dir das an! Wem gleicht es?

ADA Es gleicht einem alten Geräusch, das ich einst hörte. *Pause.* Es gleicht einem anderen Mal, am selben Ort. *Pause.* Es war stürmisch, der Gischt flog über uns. *Pause.* Seltsam, es sollte damals stürmisch gewesen sein. *Pause.* Und nun ruhig. *Pause.*

HENRY Laß uns aufstehen und gehen.

ADA Gehen? Wohin? Und Addie? Sie würde sehr betrübt sein, wenn sie käme und merkte, daß du ohne sie gegangen wärst. *Pause.* Was hält sie wohl auf?

Harter Schlag eines runden Lineals auf den Klavierkasten. Addie spielt unsicher die B-Dur Tonleiter, herauf und herunter, zuerst mit beiden Händen in gleicher Richtung, dann in entgegengesetzten Richtungen. Pause.

KLAVIERLEHRER *italienischer Akzent:* Santa Cecilia!

Pause.

ADDIE Darf ich jetzt mein Stück spielen, bitte?

Pause. Der Klavierlehrer schlägt zwei Walzertakte mit dem Lineal auf den Klavierkasten. Addie spielt die ersten Takte des 5. Walzers in As-Dur von Chopin, während der Klavierlehrer mit dem Lineal leicht den Takt dazu schlägt. Im erste Baß-Akkord, 5. Takt, spielt sie E statt F. Schallender Schlag des Lineals auf den Klavierkasten. Addie hört auf zu spielen.

KLAVIERLEHRER *heftig:* Fa!

ADDIE *weinerlich:* Was?

KLAVIERLEHRER *heftig:* Eff! Eff!

ADDIE *weinerlich:* Wo?

KLAVIERLEHRER *heftig:* Qua! *Er haut auf die Taste.* Fa!

Pause. Addie beginnt von neuem, der Klavierlehrer schlägt den Takt mit dem Lineal. Im 5. Takt macht sie den gleichen Fehler. Wütender Schlag mit dem Lineal auf den Klavierkasten. Addie hört auf zu spielen und beginnt zu jammern.

KLAVIERLEHRER *rasend:* Eff! Eff! *Er hämmert den Ton.* Eff! *Er hämmert den Ton.* Eff!

Der gehämmerte Ton »Eff!« und Addies Jammern steigern sich zum Paroxysmus und verstummen dann plötzlich. Pause.

ADA Du bist schweigsam heute.

HENRY Es genügte nicht, sie in die Welt zu setzen, sie muß auch Klavierspielen lernen.

ADA Sie muß es lernen. Sie soll es lernen. Das – und reiten. *Hufe im Schritt.*

REITLEHRER Jetzt, Miss! Ellbogen ran, Miss! Hände runter, Miss! *Hufe im Trab.* Jetzt, Miss! Rücken gerade, Miss! Knie ran, Miss! *Hufe im leichten Galopp.* Jetzt, Miss! Bauch rein, Miss! Kopf hoch, Miss! *Hufe im Galopp.* Jetzt, Miss! Blick geradeaus, Miss! *Addie beginnt zu jammern.* Jetzt, Miss! Jetzt, Miss!

Die Hufe im Galopp, »Jetzt Miss!« und Addies Jammern steigern sich zum Paroxysmus, und verstummen dann plötzlich. Pause.

ADA Woran denkst du? *Pause.* Ich habe nie Unterricht gehabt, bis es zu spät war. Mein Leben lang habe ich es bedauert.

HENRY Was war noch deine starke Seite, ich habe es vergessen?

ADA Oh ... Geometrie, glaube ich, ebene und räumliche. *Pause.* Zuerst ebene, dann räumliche. *Rutschender Meerkies, während er aufsteht.* Warum stehst du auf?

HENRY Ich dachte, ich könnte mal versuchen, bis an den Rand des Wassers zu gehen. *Pause. Mit einem Seufzer:* Und zurück. *Pause.* Meine alten Knochen recken.

Pause.

ADA Und warum tust du es nicht? *Pause.* Bleib nicht so grübelnd da stehen. *Pause.* Bleib nicht so stier da stehen.

Pause. Er geht auf die See zu. Stiefel auf Meerkies, wohl zehn Schritt. Er bleibt am Rande des Wassers stehen. Pause. See ein wenig lauter. Aus der Ferne: Nicht mit den guten Stiefeln ins Wasser.

Pause.

HENRY Nicht, nicht ...

See plötzlich stürmisch.

ADA *zwanzig Jahre früher, flehend:* Nicht! Nicht!

HENRY *dito, drängend:* Liebling!

ADA *dito, schwächer:* Nicht!

HENRY *dito, jubelnd:* Liebling!

Stürmische See. Ada schreit. Schrei und See lauter, plötzlich verstummend. Ende der Beschwörung. Pause, See ruhig. Er steigt das stark abfallende Gestade wieder hinauf. Stiefel mühen sich auf dem Meerkies. Er bleibt stehen. Pause. Er geht weiter. Er bleibt stehen. Pause. See ruhig und leise.

ADA Bleib nicht so gaffend da stehen. Setz dich. *Pause. Rutschender Meerkies, während er sich setzt.* Auf das Schultertuch. *Pause.* Fürchtest du, wir könnten uns berühren? *Pause.* Henry.

HENRY Ja.

ADA Du solltest einen Arzt aufsuchen, wegen deines Sprechens, es hat sich verschlimmert, was soll Addie davon halten? *Pause.* Weißt du, was sie mir einmal sagte, als sie noch ganz klein war, sie sagte, Mutti, warum spricht Vati immerzu? Sie hörte dich auf der Toilette. Ich wußte nicht, was ich antworten sollte.

HENRY Vati! Addie! *Pause.* Ich sagte dir, du solltest ihr erzählen, daß ich betete. *Pause.* Daß ich Gebete brüllte zu Gott und seinen Heiligen.

ADA Es ist nicht gut für das Kind. *Pause.* Es ist unsinnig, zu sagen, es bewahre dich davor, sie zu hören, es bewahrt dich nicht davor, sie zu hören, und selbst wenn es so wäre, du solltest sie nicht hören, da muß etwas nicht stimmen in deinem Gehirn.

Pause.

HENRY Das, das sollte ich nicht hören!

ADA Ich glaube nicht, daß du sie hörst. Und wenn du sie hörst, was ist denn schon dabei, es ist ein liebliches, friedliches, weiches, besänftigendes Geräusch, warum haßt du es? *Pause.* Und wenn du es haßt, warum hältst du dich nicht davon fern? Warum kommst du immer wieder hier herunter? *Pause.* Da stimmt etwas nicht in deinem Gehirn, du solltest Holloway aufsuchen, er lebt doch noch nicht wahr?

Pause.

HENRY *wild:* Stöße, ich brauche Stöße! Wie diese! *Er wühlt im Meerkies, packt zwei dicke Steine und beginnt, sie aneinanderzuschlagen.* Stein! *Stoß.* Stein! *Stoß.* *»Stein!« und Stoß verstärkt, verstummt. Pause. Er wirft einen Stein weg. Geräusch seines Aufpralls.* So ist das Leben! *Er wirft den anderen Stein weg. Geräusch seines Aufpralls.* Nicht dieses ... *Pause* ... Saugen!

ADA Und warum Leben? *Pause.* Warum Leben, Henry?

Pause. Ist jemand da?

HENRY Keine Sterbensseele.

ADA Das dachte ich mir schon. *Pause.* Als wir uns danach sehnten, ihn für uns allein zu haben, war immer jemand da. Jetzt, wo es nicht mehr darauf ankommt, ist der Platz ganz verlassen.

HENRY Ja, du konntest es nie leiden, bei galanten Gelegenheiten gesehen zu werden. Bei der kleinsten Rauchfahne am Horizont zogst du dein Kleid zurecht und stecktest deinen Kopf in den Manchester Guardian. *Pause.* Das Loch ist noch da, nach all den Jahren. *Pause. Lauter:* Das Loch ist noch da.

ADA Welches Loch? Die Erde ist voll von Löchern.

HENRY Wo wir es endlich zum ersten Mal zustande brachten.

ADA Ach ja, ich meine mich zu erinnern. *Pause.* Der Platz hat sich nicht verändert.

HENRY Doch! Er hat sich verändert, ich kann es sehen. *Vertraulich:* Es ist eine Nivellierung im Gange! *Pause.* Wie alt ist sie jetzt?

ADA Ich habe das Gefühl für die Zeit verloren.

HENRY Zwölf? Dreizehn? *Pause.* Vierzehn?

ADA Ich könnte es dir wirklich nicht sagen, Henry.

HENRY Wir brauchten lange, um sie zu kriegen. *Pause.* Jahrelang tappten wir daneben. *Pause.* Aber wir schafften es schließlich. *Pause. Seufzer.* Wir kriegten sie schließlich. *Pause.* Hör dir das an! *Pause.* Es ist nicht so schlimm, wenn man auf See ist. *Pause.* Ich hätte vielleicht doch zur Handelsmarine gehen sollen.

ADA Es ist nur an der Oberfläche so, weißt du. Darunter ist alles so still wie im Grab. Kein Geräusch. Den ganzen Tag, die ganze Nacht, kein Geräusch. *Pause.*

HENRY Nun schleppe ich das Grammophon immer mit mir herum. Aber ich vergaß es heute.

ADA Es ist sinnlos. *Pause.* Es ist sinnlos, es übertäuben zu wollen. *Pause.* Such Holloway auf. *Pause.*

HENRY Laß uns ein wenig rudern!

ADA Rudern? Und Addie? Sie würde sehr betrübt sein, wenn sie käme und merkte, daß du ohne sie weggerudert wärst. *Pause.* Wer war soeben bei dir? *Pause.* Bevor du zu mir sprachst.

HENRY Ich versuchte, bei meinem Vater zu sein.

ADA Oh. *Pause.* Dem steht nichts im Wege.

HENRY Ich meine, daß ich versuchte, ihn dazu zu bringen, bei mir zu sein. *Pause.* Ich finde dich heute noch etwas schroffer als gewöhnlich, Ada. *Pause.* Ich fragte ihn, ob er dich je gekannt hätte, ich konnte mich nicht daran erinnern.

ADA Na und?

HENRY Er antwortet nicht mehr.

ADA Ich nehme an, daß du ihn zugrunde gerichtet hast. *Pause.* Du hast ihn lebend zugrunde gerichtet, und nun richtest du ihn tot zugrunde. *Pause.* Die Zeit kommt, da man überhaupt nicht mehr mit dir sprechen kann. *Pause.* Die Zeit wird kommen, da gar niemand mehr mit dir sprechen will, nicht einmal ganz Fremde. *Pause.* Du wirst mit deiner Stimme ganz allein sein, es wird in der Welt keine andere Stimme geben als deine. *Pause.* Hörst du mich?
Pause.

HENRY Ich kann mich nicht erinnern, ob er dich kannte.

ADA Du weißt, daß er mich kannte.

HENRY Nein, Ada, ich weiß es nicht, es tut mir leid, ich habe fast alles vergessen, was mit dir zusammenhing.

ADA Du warst nicht da. Nur deine Mutter und deine Schwester. Ich war gekommen, um dich abzuholen, wie verabredet. Wir wollten zusammen schwimmen gehen.
Pause.

HENRY *gereizt:* Nur zu, nur zu! Warum halten die Leute immer mitten in dem, was sie gerade sagen, inne.

ADA Keiner von ihnen wußte, wo du warst. Dein Bett war unbenützt geblieben. Sie schrien sich alle gegenseitig an.

Deine Schwester sagte, daß sie sich von den Klippen stürzen wolle. Schließlich stand dein Vater auf, ging hinaus und knallte die Tür zu. Ich ging kurz danach weg und kam auf der Straße an ihm vorbei. Er sah mich nicht. Er saß auf einem Fels und schaute hinaus auf die See. Ich habe seine Haltung nie vergessen. Und doch war sie gar nicht ungewöhnlich. Du hattest sie bisweilen. Vielleicht nur die Starrheit, als ob er versteinert wäre. Ich konnte es nie fassen.

Pause.

HENRY Nur weiter, nur weiter! *Flehend:* Mach doch weiter, Ada, jede Silbe ist eine gewonnene Sekunde.

ADA Das ist alles, fürchte ich. *Pause.* Fahr nun fort mit deinem Vater oder deinen Geschichten oder was du auch immer machtest, kümmere dich nicht mehr um mich.

HENRY Ich kann nicht! *Pause.* Ich kann es nicht mehr!

ADA Du hast es noch gekonnt, soeben, bevor du zu mir sprachst.

HENRY *zornig:* Ich kann es jetzt nicht mehr! *Pause.* Christus!

Pause.

ADA Ja, du weißt, was ich meine, es gibt Haltungen, die einem aus erklärlichen Gründen im Gedächtnis bleiben, zum Beispiel die Neigung eines Kopfes, der gebeugt ist, während man vermutete, er sei erhoben, und umgekehrt, oder eine Hand, die in der Luft hängt, als ob sie dort vergessen worden wäre. So etwas. Aber bei deinem Vater, als er an jenem Tage auf dem Felsen saß, nichts davon, keine Einzelheit, auf die man mit dem Finger zeigen konnte, um zu sagen, wie sonderbar! Nein, ich habe es nie fassen können. Vielleicht, wie gesagt, nur die vollkommene Starrheit des ganzen Körpers, als ob aller Atem ihn verlassen hätte. *Pause.* Kannst du mit diesem Unsinn etwas anfangen, Henry? *Pause.* Ich kann versuchen, es noch ein wenig fortzusetzen, wenn du wünschst. *Pause.* Nicht? *Pause.* Dann werde ich nur wieder gehen.

HENRY Noch nicht! Du brauchst nicht zu sprechen. Nur zuhören. Nicht einmal. Bei mir sein. *Pause.* Ada! *Pause. Lauter:* Ada! *Pause.* Christus! *Pause.* Hufe! *Pause. Lauter:* Hufe! *Pause.* Christus! *Lange Pause.* Ging kurz danach weg, kam auf der Straße an dir vorbei, sahst sie nicht, schautest hinaus auf die ... *Pause.* Nicht auf die See, unmöglich. *Pause.* Es sei denn, er wäre an der anderen Seite herumgegangen. *Pause.* Bist du an der Klippenseite herumgegangen? *Pause.* Vater! *Pause.* Mußt wohl, nehme ich an. *Pause.* Steht da und betrachtet dich eine Weile, dann weiter den Weg hinunter zur Tram, hinauf auf das offene Oberdeck und nimmt vorne Platz. *Pause.* Nimmt vorne Platz. *Pause.* Fühlt sich plötzlich unbehaglich und geht wieder hinunter, Schaffner: »Anders überlegt, Miss?«, geht zurück, den Weg hinauf, keine Spur von dir. Sehr unglücklich und unbehaglich, treibt sich ein Weilchen da herum, kein Mensch weit und breit, kalter Wind von See her, geht zurück den Pfad hinunter und nimmt die Tram nach Hause. *Pause.* Nimmt die Tram nach Hause. *Pause.* Christus! *Pause.* »Mein lieber Bolton ...« *Pause.* »Wenn du eine Spritze haben willst, Bolton, so laß deine Hose runter, und ich werde dir eine geben, ich habe eine Panhysterectomie um neun«, meinte natürlich die Anästhesie. *Pause.* Feuer aus, bittere Kälte, weiße Welt, große Not, kein Geräusch. *Pause.* Bolton beginnt mit der Gardine, nein, mit dem Vorhang zu spielen, schwer zu beschreiben, zieht ihn zurück, nein, rafft ihn irgendwie an sich, und das Mondlicht flutet herein, dann läßt er ihn zurückfallen, schweres Sammetzeug, und pechschwarz ist das Zimmer, dann rafft er ihn wieder an sich, weiß, schwarz, weiß, schwarz, Holloway: »Hör um Gottes willen auf damit, Bolton, willst du mich umbringen?« *Pause.* Schwarz, weiß, schwarz, weiß, zum Wahnsinnigwerden. *Pause.* Dann macht er plötzlich ein Streichholz an, Bolton tut es, er zündet eine Kerze an, hält sie hoch über seinen Kopf, geht herüber und blickt Holloway stracks in die Augen. *Pause.* Kein Wort, nur der Blick, das alte blaue Auge, ganz glasig, mit verschlissenen Lidern, ohne Wimpern, überfließend, und die flackernde Kerze über seinem Kopf. *Pause.* Tränen? *Pause. Langes Lachen.* Großer Gott, nein. *Pause.* Kein Wort, nur der Blick, das alte blaue Auge, Holloway: »Wenn du eine Spritze haben willst, sag es und laß mich zum Teufel hier raus.« *Pause.* »Wir haben dies schon erlebt, Bolton, verlange nicht, daß ich es noch einmal durchmache.« *Pause.* Bolton: »Bitte!« *Pause.* »Bitte!« *Pause.* »Bitte, Holloway!» *Pause.* Die Kerze flackert und tropft überallhin, nun niedriger, der alte Arm ist müd, nimmt sie in die andere Hand und hält sie wieder hoch, so ist es, so war es immer, Nacht, und kalte Asche, und der flakkernde Schein in deiner alten Faust, und du sagst, Bitte! Bitte! *Pause.* Bettelnd. *Pause.* Von den Armen. *Pause.* Ada! *Pause.* Vater! *Pause.* Christus! *Pause.* Hält sie wieder hoch, böse Welt, starrt Holloway an, ertränkte Augen, wird nicht wieder fragen, nur der Blick, Holloway bedeckt sein Gesicht, kein Geräusch, weiße Welt, bittere Kälte, grausige Szene, alte Männer, große Not, geht nicht. *Pause.* Geht nicht. *Pause.* Christus! *Pause.* *Rutschender Meerkies, während er aufsteht. Er geht auf die See zu. Stiefel auf Meerkies. Er bleibt stehen. Pause. See ein wenig lauter.* Weiter. *Pause. Er geht weiter. Stiefel auf Meerkies. Er bleibt am Rande des Wassers stehen. Pause. See ein wenig lauter.* Das Notizbuch. *Pause.* Mal sehen. *Pause.*

Heute abend ... *Pause.* Nichts heute abend. *Pause.* Morgen ... morgen ... Klempner um neun, dann nichts. *Pause. Stutzig:* Klempner um neun? *Pause.* Ach ja, der Abfluß. *Pause.* Worte. *Pause.* Samstag ... nichts. Sonntag ... Sonntag .... nichts den ganzen Tag. *Pause.* Nichts, den ganzen Tag nichts. *Pause.* Den ganzen Tag, die ganze Nacht nichts. *Pause.* Kein Geräusch. *See.*

Worte und Musik

Hörspiel

Originaltitel: ›Words and music‹
Aus dem Englischen von Erika und Elmar Tophoven

MUSIK *Kleines Orchester bei leisem Stimmen.*

WORTE Nicht! *Stimmen. Lauter:* Nicht! *Stimmen verstummt.* Wie lang dauert diese Haft noch in der Nacht? *Überdrüssig:* Mit dir! *Pause.* Thema ... *Pause.* Thema ... Trägheit. *Pause. Heruntergerasselt, leise:* Trägheit ist von allen Leidenschaften die allermächtigste Leidenschaft und fürwahr keine Leidenschaft ist noch mächtiger als die Leidenschaft der Trägheit, es ist die Weise in der der Geist am meisten leidet und fürwahr – *Kurzes, ungestümes Stimmen. Laut, flehend:* Nicht! *Stimmen verstummt. Wie zuvor:* Die Weise in der der Geist am meisten leidet und fürwahr in keiner Weise hat der Geist mehr zu leiden als in dieser, wobei Leidenschaft zu verstehn ist als Bewegung unsrer Seele ihre Sucht nach oder Flucht vor echtem oder erdachtem Vergnügen oder Leid Vergnügen oder Leid echtem oder erdachtem Vergnügen oder Leid, von all diesen Regungen und wer kann alle zählen von all diesen Regungen sie sind unzählig ist Trägheit die allerdringendste und fürwahr von keiner Regung wird die Seele mehr bedrängt als von diesem von diesem von diesem Hin und Her von keiner Regung die Seele mehr bedrängt als von diesem Hin und – *Pause.* Her. *Pause.* Horch! *Fernes Geräusch rasch schlurfender Pantoffeln.* Endlich! *Schlurfen wird lauter. Kurzes, ungestümes Stimmen.* Psst!

Stimmen verstummt. Schlurfen wird lauter. Stille.

KRAK Joe.

WORTE *demütig:* Mein Herr.

KRAK Bob.

MUSIK *Demütiges gedämpftes ›Hier bin ich‹.*

KRAK Meine Treuen! Vertragt euch! *Pause.* Bob.

MUSIK *wie zuvor.*

KRAK Joe.

WORTE *wie zuvor:* Mein Herr.

KRAK Vertragt euch! *Pause.* Ich komm spät, verzeiht. *Pause.* Das Gesicht. *Pause.* Auf der Treppe. *Pause.* Verzeiht. *Pause.* Joe.

WORTE *wie zuvor:* Mein Herr.

KRAK Bob.

MUSIK *wie zuvor.*

KRAK Verzeiht. *Pause.* Im Turm. *Pause.* Das Gesicht. *Pause.* Die Kerzen. *Lange Pause.* Thema heut abend ... *Pause.* Thema heut abend ... Liebe. *Pause.* Liebe. *Pause.* Mein Stock. *Pause.* Joe.

WORTE *wie zuvor:* Mein Herr.

KRAK Liebe. *Pause. Stockstoß auf den Boden.* Liebe!

WORTE *hochtrabend:* Liebe ist von allen Leidenschaften die allermächtigste Leidenschaft und fürwahr keine Leidenschaft ist noch mächtiger als die Leidenschaft der Liebe. *Räuspert sich.* Es ist die Weise, in der der Geist am allermeisten leidet und fürwahr in keiner Weise hat der Geist noch mehr zu leiden als in dieser.

Pause.

KRAK *Stoßseufzer. Stockstoß.*

WORTE *wie zuvor:* Wobei Leidenschaft zu verstehn ist als Bewegung unseres Geistes seine Sucht nach oder Flucht vor echtem oder erdachtem Vergnügen oder Leid. *Räuspert sich.* Von all –

KRAK *ängstlich:* Oh!

WORTE *wie zuvor:* Von all diesen Regungen also und wer kann sie zählen sie sind unzählig ist Trägheit die ist LIEBE die allerdringendste und fürwahr von keiner anderen Regung wird die Seele mehr bedrängt als von diesem Hin und –

Heftiger Stockstoß.

KRAK Bob.

WORTE Her.

Heftiger Stockstoß.

KRAK Bob!

MUSIK *wie zuvor.*

KRAK Liebe!

MUSIK *Schlag des Taktstocks auf Pult. Sanfte, dem Vorhergehenden entsprechende Musik, sehr ausdrucksvoll, mit hörbarem Stöhnen und Protest – »Nein!« »Nicht!« usw. – von Worte. Pause.*

KRAK *ängstlich:* Oh! *Stockstoß.* Lauter!

MUSIK *Lauter Schlag des Taktstocks und wie zuvor fortissimo, ohne jeden Ausdruck, Wortes Protest übertäubend. Pause.*

KRAK Meine Treuen! *Pause.* Süßer Joe.

WORTE *wie zuvor:* Erhebt euch nun und kommt, ihr offenbar unbeantwortbaren –

KRAK *stöhnt.*

WORTE – das heißt die Liebe was ist eigentlich die Liebe die mehr als alle ihre verflucht todsündigen oder irgendwelche anderen großen Beweger derart die Seele bewegt und die Seele was ist eigentlich die Seele die mehr als von irgendwelchen ihrer großen Beweger von der Liebe derart bewegt wird? *Räuspert sich. Nüchtern:* Liebe zur Frau, meine ich, wenn es das ist, was mein Herr meint.

KRAK Leider!

WORTE Was eigentlich? *Pause. Sehr rhetorisch:* Ist Liebe das richtige Wort? *Pause. Dito:* Ist Seele das richtige Wort? *Pause. Dito:* Meinen wir Liebe beim Wort Liebe? *Pause. Dito:* Seele beim Wort Seele?
Pause.

KRAK *ängstlich:* Oh! *Pause.* Lieber Bob.

WORTE Meinen wir es? *Plötzlich ernst:* Oder meinen wir es nicht?

KRAK *flehend:* Bob!

MUSIK *Schlag des Taktstocks. Musik von Liebe und Seele, mit kaum hörbarem Protest – »Nein!« »Nicht!« »Ruhe!« usw. – von Worte. Pause.*

KRAK *ängstlich:* Oh! *Pause.* Meine Tröster! *Pause.* Joe.

WORTE *demütig:* Mein Herr.

KRAK Bob.

MUSIK *›Hier bin ich‹ wie zuvor.*

KRAK Meine Tröster! *Pause.* Alter. *Pause.* Joe. *Pause. Stockstoß.* Joe!

WORTE *wie zuvor:* Mein Herr.

KRAK Alter!

Pause.

WORTE *stammelnd:* Alter ist ... Alter ist wenn ... hohes Alter mein' ich ... wenn es das ist was mein Herr meint ... ist wenn ... wenn man ein Mann ist ... ein Mann war ... hockend ... nickend ... am Herd ... wartend –

Heftiger Stockstoß.

KRAK Bob. *Pause.* Alter. *Pause. Heftiger Stockstoß.* Alter!

MUSIK *Schlag des Taktstocks. Musik vom Alter, bald von heftigem Stockstoß unterbrochen.*

KRAK Zusammen. *Pause. Stoß.* Zusammen! *Pause. Heftiger Stoß.* Zusammen, Bande!

MUSIK *Langes a.*

WORTE *flehend:* Nein!

Heftiger Stockstoß.

KRAK Bande!

MUSIK *a.*

WORTE *versucht zu singen:* Alter ist wenn ... zu einem Mann ...

MUSIK *Verbesserung des Vorhergehenden.*

WORTE *versucht es zu singen:* Alter ist wenn zu einem Mann ...

MUSIK *Anregung des Folgenden.*

WORTE *versucht es zu singen:* ... hockend über ... dem Herd ... *Pause. Heftiger Stoß. Versucht zu singen:* ... wartend auf das Weib, daß es den ... Krug ... ins Bett steckt ...

MUSIK *Verbesserung des Vorhergehenden.*

WORTE *versucht es zu singen:* ... wartend auf das Weib, daß es den Krug ins Bett steckt ...

MUSIK *Anregung des Folgenden.*

WORTE *versucht es zu singen:* ... und ihm den ... Grützebrei ... *Pause. Heftiger Stoß. Wie zuvor:* ... und ihm den Grog bringt ... *Pause. Schrecklicher Stoß.*

KRAK Bande!

MUSIK *Anregung des Folgenden.*

WORTE *versucht es zu singen:* ... sie kommt in der Asche ... *Flehend:* Nein!

MUSIK *wiederholt Anregung.*

WORTE *versucht es zu singen:* ... sie kommt in der Asche die geliebt nicht zu ... gewinnen oder ...
Pause.

MUSIK *wiederholt Ende der vorigen Anregung.*

WORTE *versucht es zu singen:* ... oder gewonnen nicht zu lieben war ... *überdrüssig:* ... oder irgendein anderer Ärger ... *Pause. Versucht zu singen:* Kommt in der Asche wie in jenem alten –

MUSIK *unterbricht es mit Verbesserung desselben und kurzer Anregung.*

WORTE *versucht es zu singen:* ... kommt in der Asche wie in jenem alten Licht ... ihr Gesicht ... in der Asche ...
Pause.

KRAK *stöhnt.*

MUSIK *Anregung des Folgenden.*

WORTE *versucht es zu singen:* ... jenem alten Mondlicht ... wieder auf der ... Erde.
Pause.

MUSIK *Weitere kurze Anregung.*
Stille.

KRAK *stöhnt.*

MUSIK *spielt die ganze Melodie allein, regt Worte dann mit Auftakt an, Pause, regt wieder an und begleitet schließlich ganz sachte.*

WORTE *versucht zu singen, sachte:*
Alter ist, wenn zu einem Mann,
hockend über dem Herd,

harrend auf das Weib,
daß es den Krug ins Bett steckt
und ihm den Grog bringt,
sie kommt, in der Asche,
die geliebt nicht zu gewinnen
oder gewonnen nicht zu lieben war,
oder irgendein anderer Ärger,
kommt, in der Asche,
wie in jenem alten Licht,
das Gesicht in der Asche,
jenem alten Sternlicht,
auf der Erde nun wieder.
Lange Pause.

KRAK *murmelnd:* Das Gesicht. *Pause.* Das Gesicht. *Pause.* Das Gesicht. *Pause.* Das Gesicht.

MUSIK *Schlag des Taktstocks und sehr gefühlvoll, etwa eine Minute.*

Pause.

KRAK Das Gesicht.

WORTE *kalt:* Gesehen von oben in jenem so kalten, schwachen Glanz ...

Pause.

MUSIK *Warme Anregung von oben (Musik) für oben (Worte).*

WORTE *sie mißachtend, kalt:* Gesehen von oben so ganz aus der Nähe in jenem Glanz, so kalt und schwach, mit Augen, so betrübt durch ... das, was geschehen, ist seine ... scharfe Schönheit etwas ...

Pause.

MUSIK *erneuert zaghaft vorherige Anregung.*

WORTE *unterbrechend, heftig:* Ruhe!

KRAK Meine Treuen! Vertragt euch!

Pause.

WORTE ... abgestumpft. Ein wenig später indessen, so schnell kommt man wieder zu neuen Kräften in diesem Alter, zieht sich der Kopf weiter zurück, um zwei bis drei Fuß, die Augen weiten sich und starren und beginnen sich wieder zu weiden. *Pause.* Was dann zu sehen, hätte man bei Tageslicht freilich besser gesehen, das ist nicht zu bestreiten. Aber wie oft schon wurde es im letzten Jahr, wie oft schon, in allen Stunden, unter allen Winkeln, bei Wolken und Sonnenschein schon gesehen, mein ich. Und da ist, ist da nicht, in jener silberigen Helle ... jener silberigen Helle ... ist da nicht ... mein Herr ... *Pause.* Roggen, den der Wind zuweilen gelinde wiegt, wirft und entzieht seinen Schatten.

Pause.

KRAK *stöhnt.*

WORTE Ganz zu schweigen von Ausdruck oder eigentlichen Zügen, unvergleichlich jeder einzelne und in ihrem Zusammenspiel –

KRAK *stöhnt.*

WORTE – Welle des schwarzen, verworrenen Haars wie weit auf Wasser gespreitet, die Stirn durchschnitten von einer Furche wie im Leid doch ist es höchstwahrscheinlich nur Versenkung bei Licht besehen in einen vollendeten inneren Vorgang, die Augen natürlich geschlossen, im Einklang damit, die Wimpern ... *Pause.* ... die Nase ... *Pause.* ... nichts, ein bißchen verkniffen vielleicht, die Lippen ...

KRAK *ängstlich:* Lily!

WORTE ... gepreßt, ein Schimmer von Schmelz beißt sich fest in die untere, nicht mehr volle, nichts mehr von Korallen, wo doch gewöhnlich ...

KRAK *stöhnt.*

WORTE ... das Ganze so gebleicht und still, daß, wäre nicht das weite weiße Auf und Ab der Brüste, die schwellend sich erheben und dann wieder fallen, auf ihren normalen ... Abstand –

MUSIK *Unbändiger Ausbruch der Musik vom Schwellen und Fallen mit vergeblichem Protest – »Ruhe!« »Nein!« »Nicht!« usw. – von Worte.*

Triumph und Schluß.
Pause.

WORTE *mit sanftem Vorwurf:* Mein Herr! *Pause. Schwacher Stockstoß.* Mit einem Wort: so blaß und still und so weltentrückt als gehöre es so wenig zur Erde wie Mira im Walfisch bei ihrer zehnten und größten Helligkeit in dieser einen Nacht, da sie kalt herniederscheint – wie man hinaufblickend sagt. *Pause.* Ein wenig später indessen, so schnell kommt man wieder zu Kräften –

KRAK *ängstlich:* Nein!

WORTE – die Stirn entspannt, die Lippen gelöst und die Augen ... *Pause* ... die Stirn entspannt, die Nase gebläht, die Lippen gelöst und die Augen ... *Pause* ... die Lippen gelöst, etwas Farbe kommt wieder in die Wangen, und die Augen ... *ehrfürchtig* ... öffnen sich. *Pause.* Dann hinab ein kleines Stück ... *Pause. Wechsel zu lyrischem Ton. Leise:*
Dann hinab ein kleines Stück
durch den Dreck
dahin ... dorthin, wo ...
Pause.

MUSIK *Unaufdringliche Anregung für das Vorige.*

WORTE *versucht es zu singen:*
Dann hinab ein kleines Stück
durch den Dreck
dorthin, wo ...
Pause.

MUSIK *Unaufdringliche Anregung des Folgenden.*

WORTE *versucht es zu singen:*
... alles schwarz, kein Betteln,
kein Geben, kein Wort,
kein Sinn, keine Not ...
Pause.

MUSIK *Zuversichtlichere Anregung des Folgenden.*

WORTE *versucht es zu singen:*
... durch den Feim

hinab, ein kleines Stück
dahin, wo ein Schimmer
von jenem Quellpunkt.
Pause.

MUSIK *Regt mit Auftakt an, Pause, regt wieder an und begleitet schließlich ganz sachte.*

WORTE *versucht zu singen, sachte:*
Dann hinab ein kleines Stück
durch den Dreck
dorthin, wo
alles schwarz, kein Betteln,
kein Geben, kein Wort,
kein Sinn, keine Not,
durch den Feim
hinab, ein kleines Stück,
dahin, woher ein Schimmer
von jenem Quellpunkt.
Pause. Betroffen: Mein Herr! *Geräusch des fallengelassenen Stocks. Wie zuvor:* Mein Herr! *Schlurfende Pantoffeln, mit Pausen. Das Schlurfen hört auf. Lange Pause.* Bob. *Pause.* Bob!

MUSIK *Kurze, grobe Entgegnung.*

WORTE Musik. *Flehend:* Musik!
Pause.

MUSIK *Schlag des Taktstocks und Spiel von schon gebrauchten Themen oder nur des Themas Quellpunkt.*
Pause.

WORTE Nochmal. *Pause. Flehend:* Nochmal!

MUSIK *Wie zuvor oder nur sehr wenig verändert.*
Pause.

WORTE *tiefer Seufzer.*

Cascando

Hörspiel

Originaltitel: ›Cascando‹
Aus dem Französischen von Elmar Tophoven

ÖFFNER *trocken:* Für mich ist es Mai.

Pause.

Ja, so ist es.

Pause.

Ich öffne.

STIMME *leise, keuchend:* – Geschichte ... könntest du sie beenden ... hättest du Ruhe ... könntest schlafen ... vorher nicht ... oh, ich weiß ... wieviel schon beendet ... tausende und eine ... tat nur das ... das war mein Leben ... indem ich sagte ... beende diese ... es ist die richtige ... dann hast du Ruhe ... kannst dann schlafen ... keine Geschichten mehr ... keine Worte mehr ... und sie beendete ... und nicht die richtige ... keine Ruhe ... sofort eine andre ... zu beginnen ... zu beenden ... indem ich sagte ... beende diese ... dann hast du Ruhe ... diesmal ist's die richtige ... diesmal hast du's erfaßt ... und sie beendete ... und nicht die richtige ... keine Ruhe ... sofort eine andre ... aber diese hier ... die ist anders ... die werd' ich beenden ... dann hab' ich Ruhe ... es ist die richtige ... diesmal hab' ich's erfaßt ... diesmal bin ich soweit ... Mißler ... ich erzähle weiter ... ein schon recht langes Leben ... was man auch sagen mag ... ein paar Mißgeschicke ... das genügt ... fünf Jahre später ... zehn Jahre ... ich weiß nicht mehr ... Mißler ... hat sich verändert ... nicht genug ... man erkennt ihn noch in der Hütte ... wieder eine ... er wartet auf die Nacht ... bis es Nacht ist ... um ins Freie zu gehen ... um weiterzugehen ... anderswohin ... woanders zu schlafen ... es dauert lang ... er hebt den Kopf ... von Zeit zu Zeit ... den Blick zur Scheibe ... sie sieht dämmrig aus ... es dämmert draußen ... er erhebt sich ... erst die Knie ... dann hoch ... auf die Füße ... schleicht ins Freie ... Mißler

... derselbe alte Mantel ... rechts das Meer ... links die Hügel ... er hat die Wahl ... er braucht nur –

ÖFFNER *mit Stimme:* Und ich schließe.

Stille.

Ich öffne das andere.

MUSIK –

ÖFFNER *mit Musik:* Und ich schließe.

Stille.

Ich öffne beide.

STIMME UND MUSIK – voran ... sie geht voran ... sie beenden ...
– –
nicht aufgeben ... dann hast du Ruhe ... kannst dann
– –
schlafen ... vorher nicht ... sie beenden ... es ist die rich-
– –
tige ... du hast sie erfaßt ... bist soweit ... irgendwie ...
– –
Mißler ... hast ihn erfaßt ... ihm folgen ... ihn nicht
– –
mehr aufgeben ... Mißlers Geschichte ... sie geht vor-
– –
an ... sie beenden ... dann schlafen ... keine Ge-
– –
schichten mehr ... keine Worte mehr ... los ... das
– –
Nächste ... das –

ÖFFNER *mit Stimme und Musik:* Und ich schließe.

Stille.

Ich beginne wieder.

STIMME – hinab ... sanfte Neigung ... Hohlweg ... riesige Espen ... Wind in den Wipfeln ... von weitem das Meer ... Mißler ... derselbe alte Mantel ... er geht voran ... er bleibt stehen ... niemand da ... noch niemand ... zu helle Nacht ... was man auch sagen mag ... die Böschung ... dicht daran entlang ... derselbe alte Stock ... Mißler ... er geht hinab ... er fällt ... absichtlich oder nicht ... ich seh' es nicht ... er liegt am Boden ... das ist die Hauptsache ... das Gesicht im Matsch ... Arme ausgebreitet ... also gut ... es ist schon soweit ... oh nein ... noch nicht ... er erhebt sich wieder ... erst die Knie ... Hände platt ... auf den Matsch ... Kopf unten ... dann hoch ... auf die Füße ... ein Riese ... los ... er geht weiter ... hinab ... los ... in seinem Kopf ... was in seinem Kopf ... ein Obdach ... Asyl ... eine Kuhle ... in den Dünen ... eine Höhle ... dunkles Erinnern ... einer Höhle ... in seinem Kopf ... er geht hinab ... weniger Bäume ... keine Böschung mehr ... er hat sich verändert ... nicht genug ... zu helle Nacht ... bald an den Dünen ... ohne jede Deckung ... er bleibt stehen ... niemand da ... er –

Stille.

MUSIK –

Stille.

STIMME UND MUSIK – Ruhe ... schlafen ... keine Geschichten mehr
– –
... keine Worte mehr ... nicht aufgeben ... es ist die rich-
– –
tige ... es ist soweit ... beinahe ... ich bin soweit ... ir-
– –
gendwie ... Mißler ... ich hab' ihn erfaßt ... ihn nicht
– –
mehr aufgeben ... ihm folgen ... bis zum Ende ... los ...
– –
diesmal ... ist es das richtige ... enden ... schlafen ...
– –
Mißler ... los –

Stille.

ÖFFNER So, nach Belieben.

Man sagt, Es ist in seinem Kopf.

Mitnichten. Ich öffne.

STIMME – fällt ... fällt wieder ... absichtlich oder nicht ... ich seh' es nicht ... er liegt am Boden ... das ist das Wichtigste ... das Gesicht im Sand ... Arme ausgebreitet ... nackte Dünen ... kein Halm ... derselbe alte Mantel ... zu helle Nacht ... was man auch sagen mag ... Meer dröhnend ... donnernd ... weiße Mähnen ... Mißler ... in seinem Kopf ... was in seinem Kopf ... Frieden ... wieder Frieden ... in seinem Kopf ... nichts mehr zu gehen ... nichts mehr zu suchen ... schlafen ... oh nein ... noch nicht ... er erhebt sich wieder ... erst die Knie ... Hände platt ... auf den Sand ... Kopf unten ... dann hoch ... auf die Füße ... ein Riese ... riesige Masse ... derselbe alte Hut ... eingedrückt ... breite Krempe ... los ... er bricht auf ... schwere Masse ... im Sand ... bis zum Knöchel ... stapft hinab ... das Meer –

ÖFFNER *mit Stimme:* Und ich schließe.

Stille.

Ich öffne das andere.

MUSIK ––––––––––––––––––––––––––––––

ÖFFNER *mit Musik:* Und ich schließe.

Stille.

So, nach Belieben.

Das ist mein Leben, ich lebe davon.

Pause.

Ja, so ist s.

Pause.

Was öffne ich?

Man sagt, Er öffnet nichts, er hat nichts zu öffnen, es ist in seinem Kopf.

Man sieht mich nicht, man sieht nicht, was ich tu', man sieht nicht, was ich hab', und man sagt, Er öffnet nichts, er hat nichts zu öffnen, es ist in seinem Kopf.

Ich protestiere nicht mehr, ich sage nicht mehr, Es ist nichts in meinem Kopf.

Ich antworte nicht mehr.

Ich öffne und schließe.

STIMME – Lichter ... der Erde ... der Insel ... des Himmels ... er braucht nur ... den Kopf zu heben ... seine Augen ... er würde sie sehen ... ihn beleuchten sehen ... aber nein ... er –
Stille.

MUSIK *kurz:* –
Stille.

ÖFFNER Man sagt, Das ist doch nicht sein Leben, er lebt doch nicht davon.
Man sieht mich nicht, man sieht nicht, was mein Leben ist, man sieht nicht, wovon ich lebe, und man sagt, Das ist doch nicht sein Leben, er lebt doch nicht davon.
Pause.
Ich hab' davon gelebt ... recht lang.
Lang genug.
Hört.

STIMME *schwächer werdend:* – diesmal ... bin ich soweit ... Mißler ... er ist es ... hab' ihn gesehen ... hab' ihn erfaßt ... los ... derselbe alte Mantel ... er stapft hinab ... fällt ... fällt wieder ... absichtlich oder nicht ... ich seh' es nicht ... am Boden ... darauf kommt es an ... los –

ÖFFNER *mit Stimme:* Lauter geht es nicht.

STIMME – Gesicht ... auf den Kieseln ... kein Sand mehr ... nur Kiesel ... also gut ... es ist soweit ... diesmal ... oh, nein ... noch nicht ... er erhebt sich wieder ... erst die Knie ... Hände platt ... auf die Kiesel ... Kopf unten ... dann hoch ... auf die Füße ... riesige Masse ... Mißler ... schneller ... er bricht auf ... schreitet hinab ... er –
Stille.

MUSIK *schwächer werdend:* – – – – – – – – – – – – – – – – – – –

ÖFFNER *mit Musik:* Lauter nicht.

MUSIK –

Stille.

ÖFFNER Das ist nicht alles.

Ich öffne beide.

Hört.

STIMME – schlafen ... nicht mehr suchen ... ihn nicht
UND MUSIK –

mehr suchen ... im Dunkeln ... ihn sehen ... ihn sagen

– –

... für wen ... das ist es ... macht nichts ... nie ihn ...

– –

nie den richtigen ... wieder beginnen ... im Dunkeln ...

– –

Schluß damit ... diesmal ... es ist die richtige ... es ist

– –

soweit ... beinahe ... enden –

– – – – – – – – – –

Stille.

ÖFFNER Als ob sie zusammenfielen, von beiden Sternen zusammen.

Es ist bald vorbei mit uns.

Schon gut.

STIMME – beinahe ... ich hab' ihn erfaßt ... hab' ihn ge-
UND MUSIK –

sehen ... hab' ihn gesagt ... es ist soweit ... beinahe ...

– –

keine Geschichten mehr ... alle falsch ... diesmal ... ist

– –

es die richtige ... ich hab' sie erfaßt ... sie beenden ...

– –

schlafen ... Mißler ... er ist es ... ich hab' ihn erfaßt

– –

... ihm folgen ... bis zum –

– – – – – – – – – – – – – –

Stille.

ÖFFNER Schon gut.

Pause.

Ja, so ist es, es ist Mai.
Ihr wißt ja, der Wonnemond.

Pause.

Ich öffne.

STIMME – keine Bank ... kein Steuer ... keine Ruder ... schwimmt weg ... springt weg ... kommt zurück ... läuft auf ... reißt sich los ... treibt fort ... Mißler ... er füllt es aus ... das ganze Boot ... Gesicht an den Planken ... Arme ausgebreitet ... derselbe alte Mantel ... Hände fest an den ... den Dollborden ... nein ... ich weiß nicht mehr ... ich sehe ihn ... er klammert sich an ... sticht in See ... Kurs wohin ... zur Insel ... dann nicht mehr ... anderswohin –

Stille.

MUSIK –

Stille.

ÖFFNER Man sagte, Das ist von ihm, das ist seine Stimme, das ist in seinem Kopf.

Pause.

STIMME – schneller ... es schießt voran ... bäumt sich auf ... taucht vornüber ... Kurs zur Insel ... dann nicht mehr ... anderswohin ... überallhin ... Kurs überallhin ... Lichter –

Stille

ÖFFNER Keine Ähnlichkeit.

Ich antwortete, Und das ...

MUSIK *kurz:* –

Stille.

ÖFFNER ... ist das auch von mir?

Aber ich antworte nicht mehr.

Man sagt übrigens nichts mehr.

Man hat das Weite gesucht.

Schon gut.
Pause.
Ja, Mai, so ist es, Ende Mai.

Die langen Tage.
Pause.
Ich öffne.
Pause.
Ich hab' Angst zu öffnen.

Aber ich muß öffnen.

Also öffne ich.

STIMME – los ... Mißler ... Arme ausgebreitet ... derselbe alte Mantel ... Gesicht im Wasser ... er klammert sich an ... Insel achtern ... weit achtern ... Kurs auf die See ... überall See ... keine Erde mehr ... sein Kopf ... was in seinem Kopf ... Mißler –

ÖFFNER *mit Stimme:* Mal los! Mal los!

STIMME – endlich ... nicht mehr zu gehen ... woanders zu suchen ... immer woanders ... es ist soweit ... beinahe ... Mißler ... durchhalten ... nicht aufgeben ... Lichter ... der Erde ... einige ... fast keine mehr ... zu weit ... zu spät ... des Himmels ... ach die ... wenn man will ... was man auch sagen mag ... er braucht sich nur ... herumzudrehen ... er würde sie sehen ... ihn beleuchten sehen ... aber nein ... er klammert sich an ... Mißler ... er hat sich verändert ... beinahe genug – *Stille.*

MUSIK –

ÖFFNER *mit Musik:* Mein Gott.

MUSIK –

Stille.

ÖFFNER Mein Gott, mein Gott.

Pause.

Ich fragte mich ehemals, Was ist das?

Ich antwortete manchmal, Das ist der Ausflug.

Zwei Ausflüge.

Dann die Rückkehr.

Wohin?

Zum Dorf.

Zum Gasthof.

Zwei Ausflüge, dann endlich die Rückkehr, zusammen, zum Dorf, zum Gasthof, auf dem einzigen Weg, der hinführt.

Ein Bild wie jedes andere.

Aber ich antworte nicht mehr.
Ich öffne.

STIMME – nicht aufgeben ... sie beenden ... es ist die
UND MUSIK –
richtige ... ich hab' sie erfaßt ... diesmal ... es ist soweit
– –
... beinahe ... Mißler –
– – – – – – – – – – – –

ÖFFNER *mit Stimme und Musik:* Als ob sie endlich Arm in Arm gingen.

STIMME – schlafen ... keine Geschichten mehr ... los ...
UND MUSIK –

Mißler ... er ist es ... ihn sehen ... ihn sagen ... bis zum
– –
Ende ... nicht aufgeben –
– – – – – – – – – – – – –

ÖFFNER *mit Stimme und Musik:* Schon gut.

STIMME UND MUSIK – beinahe ... noch einige ... noch einige ... ich
– –
bin soweit ... beinahe ... Mißler ... er ist es ... er war es
– –
... ich hatte ihn erfaßt ... beinahe –
– – – – – – – – – – – – – – – – – – –

ÖFFNER *mit Stimme und Musik, inbrünstig:* Schon gut!

STIMME UND MUSIK – diesmal ... es ist die richtige ... enden ...
– –
keine Geschichten mehr ... schlafen ... es ist soweit ...
– –
beinahe ... noch einige ... nicht aufgeben ... Mißler ...
– –
er klammert sich an ... los ... los –
– – – – – – – – – – – – – – – – –

Stille.

Pantomime / Film / Fernsehspiel

Akt ohne Worte 1 · Akt ohne Worte 2
Film · He, Joe

Akt ohne Worte I

Pantomime in einem Akt

Originaltitel: ›Acte sans paroles I‹
Aus dem Französischen von Elmar Tophoven

PERSON *Ein Mensch. Vertraute Geste: er faltet und entfaltet sein Taschentuch.*

BÜHNE *Wüste. Blendendes Licht.*

HANDLUNG *Der Mensch wird aus den rechten Kulissen rücklings auf die Bühne geworfen, stolpert, fällt, steht sofort wieder auf, klopft den Staub ab und überlegt.*
Pfiff von rechts.
Er überlegt und geht nach rechts ab.
Er wird sofort wieder auf die Bühne geworfen, stolpert, fällt, steht sofort wieder auf, klopft den Staub ab und überlegt.
Pfiff von links.
Er überlegt und geht nach links ab.
Er wird sofort wieder auf die Bühne geworfen, stolpert, fällt, steht sofort wieder auf, klopft den Staub ab und überlegt.
Pfiff von links.
Er überlegt, geht auf die linke Kulisse zu, bleibt stehen, bevor er sie erreicht, weicht plötzlich zurück, stolpert, fällt, steht sofort wieder auf, klopft den Staub ab und überlegt.
Ein Bäumchen sinkt vom Schnürboden herab auf die Bühne. Es hat nur einen Ast, drei Meter überm Boden, und am Wipfel ein kümmerliches Büschel Palmblätter, das einen spärlichen Schatten wirft.
Er überlegt weiter.
Pfiff von oben.
Er dreht sich um, sieht den Baum, überlegt, geht auf den Baum zu, setzt sich in den Schatten und betrachtet seine Hände.
Eine Schneiderschere sinkt vom Schnürboden und bleibt,

einen Meter überm Bühnenboden, vor dem Baum, hängen. Er betrachtet immer noch seine Hände.
Pfiff von oben.
Er hebt den Kopf, sieht die Schere, überlegt, ergreift sie und beginnt sich die Fingernägel zu schneiden.
Die Palmblätter erschlaffen und legen sich an den Stamm, der Schatten verschwindet.
Er läßt die Schere los und überlegt.
Eine kleine Karaffe, die am Hals ein großes, steif abstehendes Etikett mit der Aufschrift Wasser *trägt, sinkt vom Schnürboden bis auf drei Meter überm Bühnenboden.*
Er überlegt weiter.
Pfiff von oben.
Er schaut hinauf, erblickt die Karaffe, überlegt, steht auf, stellt sich unter die Karaffe, versucht vergeblich sie zu erreichen, wendet sich davon ab und überlegt.
Ein großer Würfel sinkt vom Schnürboden auf die Bühne.
Er überlegt weiter.
Pfiff von oben.
Er dreht sich um, sieht den Würfel, betrachtet ihn, betrachtet die Karaffe, nimmt den Würfel, stellt ihn unter die Karaffe, prüft seine Stabilität, steigt hinauf, versucht vergeblich, die Karaffe zu erreichen, steigt herab, stellt den Würfel wieder an seinen Platz, wendet sich ab und überlegt.
Ein zweiter, kleinerer Würfel sinkt vom Schnürboden auf die Bühne.
Er überlegt weiter.
Pfiff von oben.
Er dreht sich um, erblickt den zweiten Würfel, betrachtet ihn, stellt ihn unter die Karaffe, prüft seine Stabilität, steigt hinauf, versucht vergeblich, die Karaffe zu erreichen, steigt herab, schickt sich an, den Würfel wieder an seinen Platz zurückzubringen, besinnt sich anders, setzt

ihn ab, holt den großen Würfel, stellt ihn auf den kleinen, prüft ihre Stabilität, steigt hinauf, der große Würfel rutscht, der Mensch fällt, steht sofort wieder auf, klopft den Staub ab und überlegt.

Er nimmt den kleinen Würfel, stellt ihn auf den großen, prüft ihre Stabilität, steigt hinauf und will gerade die Karaffe ergreifen, da diese etwas höher steigt und außer Reichweite hängenbleibt.

Er steigt herab, überlegt, trägt die Würfel nacheinander an ihren Platz, wendet sich ab und überlegt.

Ein dritter, viel kleinerer Würfel sinkt vom Schnürboden auf die Bühne.

Er überlegt weiter.

Pfiff von oben.

Er dreht sich um, sieht den dritten Würfel, betrachtet ihn, überlegt, wendet sich ab und überlegt.

Der dritte Würfel steigt wieder in die Höhe und verschwindet auf dem Schnürboden.

Neben der Karaffe sinkt ein Knotentau vom Schnürboden bis auf einen Meter überm Bühnenboden.

Er überlegt weiter.

Pfiff von oben.

Er dreht sich um, erblickt das Tau, überlegt, zieht sich am Tau hoch und will gerade die Karaffe ergreifen, als das Tau nachgibt und ihn wieder auf dem Boden absetzt.

Er wendet sich ab, überlegt, schaut sich nach der Schere um, erblickt sie, geht hin und hebt sie auf, kehrt zum Tau zurück und beginnt, es abzuschneiden. Das Tau spannt sich, zieht ihn hoch, er klammert sich daran, schneidet das Tau ganz durch, fällt herunter, läßt die Schere los, fällt, steht sofort wieder auf, klopft den Staub ab und überlegt.

Das Tau schnellt in die Höhe und verschwindet auf dem Schnürboden.

Aus seinem Ende Tau macht er sich ein Lasso und versucht, damit die Karaffe zu fangen.

Die Karaffe schnellt in die Höhe und verschwindet auf dem Schnürboden.
Er wendet sich ab und überlegt.
Mit dem Lasso in der Hand geht er auf den Baum zu, betrachtet den Ast, wendet sich ab, betrachtet die Würfel, betrachtet von neuem den Ast, läßt das Lasso fallen, geht auf die Würfel zu, nimmt den kleinen und trägt ihn unter den Ast, kehrt zurück, um den großen zu holen, und trägt ihn unter den Ast, will den großen auf den kleinen stellen, besinnt sich anders, stellt den kleinen auf den großen, prüft ihre Stabilität, betrachtet den Ast, wendet sich ab und bückt sich, um das Lasso wieder aufzuheben.
Der Ast sinkt an den Stamm.
Er richtet sich mit dem Lasso in der Hand wieder auf, dreht sich um und merkt, was geschehen ist.
Er wendet sich ab und überlegt.
Er trägt die Würfel nacheinander wieder an ihre Plätze, rollt das Lasso sorgfältig auf und legt es auf den kleinen Würfel.
Er wendet sich ab und überlegt.
Pfiff von rechts.
Er überlegt und geht nach rechts ab.
Er wird sofort wieder auf die Bühne geworfen, stolpert, fällt, steht unverzüglich wieder auf, klopft den Staub ab und überlegt.
Pfiff von links.
Er rührt sich nicht.
Er betrachtet seine Hände, schaut sich nach der Schere um, erblickt sie, geht hin und hebt sie auf, beginnt sich die Nägel zu schneiden, hört auf, überlegt, streicht mit dem Finger über die Schneide der Schere, wischt sie mit seinem Taschentuch ab, geht zum kleinen Würfel und legt Schere und Taschentuch darauf, wendet sich ab, öffnet seinen Kragen, macht seinen Hals frei und betastet ihn.
Der kleine Würfel steigt in die Höhe und verschwindet

mit Lasso, Schere und Taschentuch auf dem Schnürboden.

Er dreht sich um, will die Schere wieder ergreifen, merkt, was geschehen ist, und setzt sich auf den großen Würfel.

Der große Würfel wackelt, wirft ihn auf den Boden, steigt wieder in die Höhe und verschwindet auf dem Schnürboden.

Er bleibt auf der Seite liegen, das Gesicht zum Saal gewandt, mit starrem Blick.

Die Karaffe sinkt bis auf einen halben Meter über seinem Körper.

Er rührt sich nicht.

Pfiff von oben.

Er rührt sich nicht.

Die Karaffe sinkt tiefer und tanzt ihm vor der Nase herum.

Er rührt sich nicht.

Die Karaffe steigt wieder in die Höhe und verschwindet auf dem Schnürboden.

Der Ast des Baumes hebt sich wieder, die Palmblätter entfalten sich wieder und werfen wieder Schatten.

Pfiff von oben.

Er rührt sich nicht.

Der Baum steigt wieder in die Höhe und verschwindet auf dem Schnürboden.

Er betrachtet seine Hände.

Akt ohne Worte 2

Pantomime

Originaltitel: ›Acte sans paroles II‹
Aus dem Französischen von Elmar Tophoven

Für zwei Personen und einen Stachel

HINWEIS *Diese Pantomime sollte auf einer niedrigen, in ihrer ganzen Länge grell beleuchteten, schmalen Plattform im Hintergrund der Bühne gespielt werden, die übrige Bühne bleibt dunkel. Fries.*

A ist langsam, linkisch (Gags beim An- und Ausziehen), geistesabwesend. B ist lebhaft, flink, genau. Die beiden Handlungen sollten also, obwohl B mehr zu tun hat als A, ungefähr die gleiche Dauer haben.

HANDLUNG *Auf dem Boden, zwei Meter von der rechten Kulisse entfernt, liegen zwei Säcke nebeneinander, der von A und der von B, wobei A's Sack rechts (vom Zuschauerraum aus gesehen) von B's Sack, d. h. näher an der rechten Kulisse liegt. Neben Sack B liegt ein Häufchen sorgfältig zusammengefalteter Kleider (C) auf dem Boden (eine Jacke und eine Hose, darauf ein Paar Stiefel und ein Hut).*

Von rechts dringt, genau waagerecht, der Stachel ins Blickfeld. Die Spitze macht dreißig Zentimeter vor Sack A halt. Pause. Die Spitze weicht zurück, verharrt einen Moment regungslos, sticht in den Sack, zieht sich heraus und weicht bis auf dreißig Zentimeter vom Sack zurück. Pause. Der Sack bewegt sich nicht. Die Spitze weicht erneut zurück, diesmal ein wenig weiter als beim ersten Mal, sie verharrt einen Moment regungslos, sticht wieder in den Sack, zieht sich heraus und weicht bis auf dreißig Zentimeter vom Sack zurück. Pause. Der Sack bewegt sich. Der Stachel verschwindet aus dem Blickfeld.

A, im Hemd, kriecht aus dem Sack, verharrt regungslos, träumt vor sich hin, betet, träumt vor sich hin, steht auf, träumt vor sich hin, zieht ein Fläschchen mit Pillen aus seiner Hemdtasche, träumt vor sich hin, geht zum Kleiderhaufen, träumt vor sich hin, zieht sich an, träumt vor sich hin, zieht eine große, schon angebissene Mohrrübe aus seiner Jackentasche, beißt ein Stück ab, kaut einen

Moment, spuckt es angewidert aus, steckt die Mohrrübe wieder ein, träumt vor sich hin, hebt die beiden Säcke hoch und trägt sie, tief gekrümmt und mit wankenden Schritten, auf seinem Rücken bis zur Mitte der Bühne, setzt sie ab, träumt vor sich hin, zieht sich aus (bis aufs Hemd), läßt die Kleider fallen, träumt vor sich hin, schluckt eine zweite Pille, träumt vor sich hin, kniet nieder, betet, kriecht zurück in den Sack und bleibt regungslos liegen. Sack A liegt nun links von Sack B.
Pause.
Von rechts dringt der Stachel soweit ins Blickfeld, daß ein Rad, auf dem er ruht, sichtbar wird. Die Spitze macht dreißig Zentimeter vor Sack B halt. Pause. Die Spitze weicht zurück, verharrt einen Moment regungslos, sticht in den Sack, zieht sich heraus und weicht bis auf dreißig Zentimeter vom Sack zurück. Pause. Der Sack bewegt sich. Der Stachel verschwindet aus dem Blickfeld.
B, im Hemd, kriecht aus dem Sack, steht auf, zieht eine große Uhr aus seiner Hemdtasche und sieht nach, wie spät es ist, steckt die Uhr wieder ein, macht Freiübungen, sieht nach der Uhr, zieht eine Zahnbürste aus seiner Hemdtasche, bürstet sich die Zähne, steckt die Bürste wieder ein, sieht nach der Uhr, reibt sich kräftig seine Kopfhaut, zieht einen Kamm aus seiner Hemdtasche, kämmt sich das Haar, steckt den Kamm wieder ein, sieht nach der Uhr, geht zum Kleiderhaufen, zieht sich an, sieht nach der Uhr, zieht eine Bürste aus seiner Jackentasche, bürstet kräftig seine Kleider, bürstet kräftig sein Haar, steckt die Bürste wieder ein, zieht einen kleinen Spiegel aus seiner Jackentasche, mustert sich darin, steckt den Spiegel wieder ein, zieht eine Mohrrübe aus seiner Jackentasche, beißt ein Stück ab, kaut es und schluckt es mit Appetit hinunter, steckt die Mohrrübe wieder ein, sieht nach der Uhr, zieht eine Landkarte aus seiner Jackentasche, studiert sie, steckt die Karte wieder ein, sieht nach der Uhr, hebt die beiden Säcke hoch und trägt sie,

tief gekrümmt und mit wankenden Schritten, auf seinem Rücken zur linken Kulisse, setzt sie zwei Meter vor der Kulisse ab, sieht nach der Uhr, zieht sich aus (bis aufs Hemd), legt die Kleider sorgfältig zu einem Häufchen zusammen, sieht nach der Uhr, macht Freiübungen, sieht nach der Uhr, reibt sich seine Kopfhaut, kämmt sich sein Haar, bürstet sich die Zähne, sieht nach der Uhr und zieht sie auf, kriecht zurück in den Sack und bleibt regungslos liegen. Sack B liegt jetzt links von Sack A, wie am Anfang.
Pause.
Von rechts dringt der Stachel soweit ins Blickfeld, daß nun zwei Räder, auf denen er ruht, sichtbar werden. Die Spitze macht dreißig Zentimeter vor Sack A halt. Pause. Die Spitze weicht zurück, verharrt einen Moment regungslos, sticht in den Sack, zieht sich heraus und weicht bis auf dreißig Zentimeter vom Sack zurück. Pause. Der Sack bewegt sich nicht. Die Spitze weicht erneut, diesmal ein wenig weiter als beim ersten Mal, zurück, verharrt einen Moment regungslos, sticht in den Sack, zieht sich wieder heraus und weicht bis auf dreißig Zentimeter vom Sack zurück. Pause. Der Sack bewegt sich. Der Stachel verschwindet aus dem Blickfeld.
A kriecht aus dem Sack, verharrt regungslos, träumt vor sich hin, betet.
Vorhang.

Position I

Position II

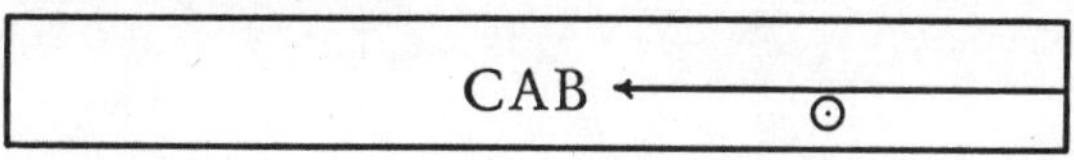

Position III

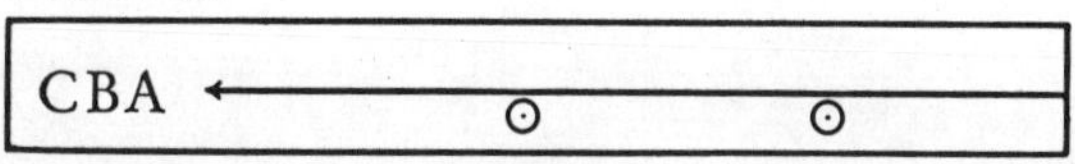

Film

Originaltitel: ›Film‹
Aus dem Englischen von Erika und Elmar Tophoven

Dies ist der Originalentwurf von *Film*. Es wurde nicht versucht, ihn mit dem fertigen Werk in Übereinstimmung zu bringen. Die einzige wesentliche Abweichung von dem, was vorgesehen war, findet sich bei der Straßenszene am Anfang. Sie wurde zuerst wie angegeben gedreht, dann durch eine vereinfachte Version ersetzt, bei der nur das unentbehrliche Paar beibehalten wurde. Im übrigen folgten die Dreharbeiten genau den Anweisungen des Skripts.

Die ersten beiden Teile sind nur A's Wahrnehmung. A ist die Kamera. Der dritte Teil aber ist O's Wahrnehmung des Zimmers und dessen, was sich darin befindet, und zugleich A's fortwährende Wahrnehmung von O. Hierbei stellt sich ein Problem der Aufnahmen, das ich ohne technische Hilfe nicht lösen kann. Siehe unten, Anmerkung 8.

Der Film besteht aus drei Teilen. 1. die Straße (etwa acht Minuten). 2. die Treppe (etwa fünf Minuten). 3. Das Zimmer (etwa 17 Minuten).

Der Film ist von Anfang bis Ende stumm, bis auf das ›psst!‹ im ersten Teil.

Die Atmosphäre des Films ist komisch und unwirklich. O sollte durch seine Art, sich zu bewegen, Lachen hervorrufen. Unwirklichkeit der Straßenszene (siehe Anmerkungen zu diesem Abschnitt).

Allgemeines

Esse est percipi.

Wenn alle Wahrnehmung anderer – tierische, menschliche und göttliche – aufgehoben ist, behält einen die Selbstwahrnehmung im Sein.

Die Suche nach dem Nicht-Sein durch Flucht vor der Wahrnehmung anderer scheitert an der Unausbleiblichkeit der Selbstwahrnehmung.

Das Obige will keinen Wahrheitswert haben und wird nur als strukturelles dramatisches Hilfsmittel betrachtet.

Zur Darstellung der Hauptfigur in dieser Situation wird diese in Objekt (O) und Auge (A) gespalten, in das fliehende O und das verfolgende A.

Erst am Ende des Films wird klar, daß der verfolgende Wahrnehmende nicht ein anderer ist, sondern die Hauptfigur selbst.

A nimmt O bis zum Ende des Films von hinten aus einem Winkel wahr, der nicht größer als 45° ist. Grundregel: O gerät ins *percipi* = erleidet Angst des Wahrgenommenwerdens nur, wenn dieser Winkel größer wird.

O nicht im Zustand des Wahrgenommenwerdens:

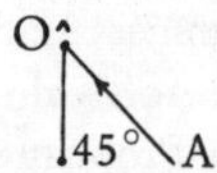

O im Zustand des Wahrgenommenwerdens:

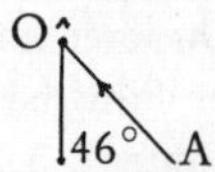

A hat daher Mühe, während der ganzen Verfolgung innerhalb dieses »Immunitätswinkels« zu bleiben und vergrößert ihn nur (1) versehentlich am Anfang des 1. Teils, als er O zum erstenmal sieht, (2) versehentlich am Anfang des 2. Teils, als er O in den Flur folgt und (3) absichtlich am Ende des dritten Teils, als O in die Enge getrieben wird. In den beiden ersten Fällen verkleinert er schnell wieder den Winkel.

Entwurf

1. Die Straße.

Schnurgerade. Keine Nebenstraßen oder Kreuzungen. Zeit: etwa 1929. Früher Sommermorgen. Stadtteil mit kleinen Gewerbebetrieben, mäßig belebt durch Arbeiter, die ohne Eile zur Arbeit gehen. Alle gehen paarweise in dieselbe

Richtung. Keine Autos. Zwei Männer auf Fahrrädern, jeder befördert ein Mädchen (zwischen Sattel und Lenkstange). Eine Kutsche, leicht galoppierendes Pferdchen, Kutscher steht aufrecht, die Peitsche schwingend. Alle Personen in der Anfangssequenz werden so gezeigt, daß sie irgend etwas wahrnehmen: einander, einen Gegenstand, ein Schaufenster, ein Plakat usw. D. h. alle sind zufrieden im *percipere* und im *percipi*. Der erste Blick auf das Obige ist der Blick des regungslosen, mit den Augen O suchenden A's. Man kann vermuten, daß er sich am Rand des 2 m breiten Bürgersteigs befindet. Schließlich kommt O in Sicht, der dicht an der Mauer zu seiner Linken blindlings, der allgemeinen Richtung entgegen, den Bürgersteig entlangeilt. Langer dunkler Mantel (alle anderen dagegen in heller Sommerkleidung) mit hochgeschlagenem Kragen, den Hut über die Augen gezogen, in der linken Hand eine Aktentasche, die rechte schützend vor die freie Seite des Gesichts erhoben. Er stürmt mit komischen, ungelenken Schritten einher. A's suchendes Auge, das sich nach links, von der Straße zum Bürgersteig, dreht, fängt ihn in einem Winkel ein, der etwas größer als der Immunitätswinkel ist (O's Nichtwahrgenommenwerden gemäß der Grundregel) (1). Als O in den Bereich des Wahrgenommenwerdens eindringt, reagiert er (nachdem er gerade so lange weitergegangen ist, daß seine Art zu gehen augenfällig geworden ist), indem er stehenbleibt und sich seitlich zur Mauer hin duckt. A zieht sich sofort zurück, um den Winkel zu verkleinern (2), und O, vom Wahrgenommenwerden befreit, eilt weiter. A läßt ihn etwa 10 Meter weitergehen und macht sich dann hinter ihm her (3). Die Straßeneinzelheiten sind (mit Ausnahme der Episode des Paars) von nun an insofern nebensächlich, als sie nur in dem Maße wiedergegeben werden, wie sie zufällig ins Blickfeld des auf O gerichteten verfolgenden Auges geraten.

Die Episode des Paars (4). In seiner blinden Hast rempelt O ein ältliches Paar von schäbiger Eleganz an, das auf dem Bürgersteig steht und gemeinsam in eine Zeitung guckt. Dieses Paar sollte von A wenige Meter vor dem Zusammenstoß bemerkt werden. Die Frau hält ein Schoßäffchen unter dem linken Arm. A folgt O einen Moment, als dieser blindlings weiterhastet, nimmt dann das Paar wahr, das sich von dem Anprall erholt, holt es ein, überholt es ein wenig und hält inne, um es zu beobachten (5). Nachdem sich die beiden wieder gefaßt haben, drehen sie sich um und sehen hinter O her, wobei die Frau ein Lorgnon an die Augen hebt, während der Mann seinen Zwicker sinken läßt, der mit einer Schnur am Rock befestigt ist. Dann sehen sie einander an, wobei sie ihr Lorgnon sinken läßt, während er seinen Zwikker wieder aufsetzt. Er öffnet den Mund, um zu schimpfen. Sie beschwichtigt ihn mit einer Handbewegung und einem sanften ›psst!‹. Er dreht sich wieder um, nimmt seinen Zwikker ab und schaut O nach. Sie fühlt A's Blick auf sie beide gerichtet und dreht sich um, hebt ihr Lorgnon und sieht A an. Sie stupst ihren Gefährten, der sich wieder zu ihr umdreht, seinen Zwicker wieder aufsetzt, in ihre Blickrichtung schaut und, seinen Zwicker abnehmend, A ansieht. Während beide A anschauen, nehmen ihre Gesichter allmählich den Ausdruck an, den die Blumenfrau bei der Treppenszene und O am Ende des Films haben werden, einen Ausdruck, der nur als die Entsprechung einer Agonie des Wahrgenommenwerdens zu beschreiben ist. Gleichgültigkeit des Äffchens, das zu seinem Frauchen aufblickt. Sie schließen die Augen, wobei die Frau ihr Lorgnon sinken läßt, und beide eilen in dieselbe Richtung wie alle anderen davon, d. h. in die O und A entgegengesetzte Richtung (6).

A wendet sich wieder O zu, der jetzt weit voraus und außer Sicht ist. Sofortige Beschleunigung A's bei der Verfolgung (verschwommene Folge der gestreiften Einzelheiten). O kommt in Sicht, wird schnell größer, bis A im gleichen Winkel und im gleichen Abstand wie zuvor hinter ihm verharrt. O verschwindet plötzlich durch eine offene Haustür zu seiner Linken. Sofortige Beschleunigung A's, der O im Flur am Fuße der Treppe einholt.

2. Die Treppe.

Flur, etwa 4 Quadratmeter, mit Treppe am rechten inneren Winkel. Die Haustür ist zur Treppe so angeordnet, daß O von A (A in der Nähe der Tür, O regungslos am Fuß der Treppe, rechte Hand auf dem Geländer, Körper von Keuchen geschüttelt) zuerst aus einem Winkel wahrgenommen wird, der etwas größer als der Immunitätswinkel ist. O, der in den Bereich des Wahrgenommenwerdens gerät (gemäß der Grundregel), hebt seine rechte Hand vom Geländer vor die freie Seite seines Gesichts und duckt sich seitlich gegen die Wand zu seiner Linken. A zieht sich sofort zurück, um den Winkel zu verkleinern, und der befreite O nimmt seine frühere Haltung am Fuß der Treppe, mit der Hand auf dem Geländer, wieder ein. O steigt ein paar Stufen hinauf, (A bleibt in der Nähe der Tür), hebt den Kopf, horcht, steigt hastig rückwärts wieder hinunter und kauert sich in den von der Treppe und der rechts von ihm befindlichen Wand gebildeten Winkel, für einen Herunterkommenden unsichtbar, nieder (7). A nimmt ihn dort wahr und blickt dann hinüber zur Treppe. Eine gebrechliche alte Frau erscheint auf dem untersten Treppenabsatz. Sie trägt ein Tablett mit Blumen, das an einem Gurt um ihren Hals hängt. Sie kommt langsam herunter, mit unsicheren Schritten, wobei eine Hand das Tablett stützt, während die andere sich am Geländer festhält. Sie ist so sehr mit dem Hinabsteigen beschäftigt, daß sie A erst bemerkt, als sie ganz unten angekommen ist und zur Tür gehen will. Sie bleibt stehen und sieht A stracks an. Allmählich der gleiche Gesichtsausdruck wie bei dem Paar auf der Straße. Sie schließt die Augen, sinkt zu Boden und liegt mit dem Gesicht inmitten der verstreuten Blumen. A's Blick verweilt einen Moment dabei, geht dann hinüber zu der Stelle, wo O zuletzt wahrgenommen wurde. Er ist nicht mehr da, sondern eilt die Treppe hinauf. A blickt zur Treppe und fängt O ein, als dieser den ersten Treppenabsatz erreicht. A macht einen Satz nach vorn und die Treppe hinauf, holt O auf dem zweiten Treppenarm ein und ist ihm buchstäblich auf den Fersen, als dieser den zweiten Treppenabsatz erreicht und mit einem Schlüssel die Tür eines Zimmers aufschließt. Sie betreten gemeinsam das Zimmer, A dreht sich mit O um, als dieser sich umdreht, um die Tür hinter sich zu verschließen.

3. Das Zimmer.

Hier nehmen wir an, das Problem der doppelten Wahrnehmung sei gelöst, und man wird O's Wahrnehmung inne (8). A muß während des Folgenden, bis zur eigentlichen Bemächtigung, so vorgehen, daß O immer von hinten zu sehen ist, bei geeignetstem Abstand und aus einem Winkel, der niemals größer als der Immunitätswinkel ist, d. h. auf diese Weise vor dem Wahrgenommenwerden bewahrt.

Kleines, kaum möbliertes Zimmer (9). Nebeneinander auf dem Fußboden: eine große Katze und ein kleiner Hund. Unwirklich in ihrer Art. Regungslos, bis sie hinausbefördert werden. Die Katze größer als der Hund. Auf einem an der Wand stehenden Tisch ein Papagei in einem Käfig und ein Goldfisch in einem kugelförmigen Aquarium. Die Zimmersequenz besteht aus drei Teilen.

1. Herrichten des Zimmers (Zuziehen des Fenstervorhangs und Verhängen des Spiegels, Hinausbefördern von Hund und Katze, Zerstören von Gottes Bild, Verhängen von Käfig und Aquarium).
2. Zeit im Schaukelstuhl. Betrachten und Zerreißen der Photographien.
3. Letzte Bemächtigung O's durch A und Auflösung.

1. O steht mit Tasche in der Hand an der Tür und nimmt das Zimmer in sich auf. Aufeinanderfolge von Bildern: Hund und Katze, nebeneinander, ihn anstarrend; Spiegel; Fenster; Liege mit Wolldecke; Hund und Katze, ihn anstarrend; Goldfisch und Papagei, der ihn anstarrt; Schaukelstuhl; Hund und Katze, ihn anstarrend. Er stellt die Tasche hin, geht von der Seite auf das Fenster zu und zieht

Vorhang zu. Er wendet sich zu Hund und Katze, die ihn immer noch anstarren, geht dann zur Liege und packt die Decke. Er wendet sich zu Hund und Katze, die ihn immer noch anstarren. Die Decke vor sich haltend, geht er von der Seite auf den Spiegel zu und verhängt ihn mit der Decke. Er wendet sich zum Goldfisch und zum Papagei, der ihn immer noch anstarrt. Er geht zum Schaukelstuhl, betrachtet ihn von vorne. Eindringliche Aufnahme von sonderbar geschnitzter Kopfstütze (10). Er wendet sich zu Hund und Katze, die ihn immer noch anstarren. Er befördert sie aus dem Zimmer (11). Er nimmt die Tasche und will auf den Stuhl zugehen, als die Decke vom Spiegel fällt. Er läßt die Tasche fallen, eilt zur Wand zwischen Liege und Spiegel, geht an den Wänden und dem dazwischenliegenden Fenster entlang, nähert sich von der Seite dem Spiegel, hebt die Decke auf, hält sie vor sich und hängt sie wieder über den Spiegel. Er kehrt zur Tasche zurück, hebt sie auf, geht zum Stuhl, setzt sich und will die Tasche öffnen, als er von dem ihm gegenüber an die Wand gehefteten Bild mit dem Antlitz Gottvaters gestört wird, dessen Augen ihn streng anstarren. Er stellt die Tasche links neben sich auf den Fußboden, steht auf und betrachtet das Bild. Eindringliches Zeigen der Wand, von der die Tapete in Fetzen herabhängt (10). Er reißt das Bild von der Wand, zerreißt es in 4 Stücke, wirft die Stücke auf den Fußboden und zerstört sie weiter unter den Füßen. Er geht zum Stuhl zurück, wieder Aufnahme der sonderbaren Kopfstütze, er setzt sich, neue Aufnahme der zerfetzten Tapete, er stellt die Tasche auf seine Knie, nimmt einen Ordner heraus, stellt die Tasche links neben sich auf den Fußboden und will gerade den Ordner aufschlagen, als er vom Auge des Papageien gestört wird. Er legt den Ordner auf die Tasche, steht auf, zieht den Mantel aus, geht zum Papagei, Großaufnahme des Papageienauges, er verhängt den Käfig mit dem Mantel, geht zurück zum Stuhl, neue Aufnahme der Kopfstütze, setzt sich, neue Aufnahme der zerfetzten Tapete, er nimmt

den Ordner und will ihn gerade öffnen, als er vom Auge des Fisches gestört wird. Er legt den Ordner auf die Tasche, steht auf, geht zum Fisch, Großaufnahme vom Auge des Fisches, er breitet den Mantel aus, so daß sowohl das Aquarium als auch der Käfig bedeckt wird, geht zum Stuhl zurück, neue Aufnahme der Kopfstütze, er setzt sich, neue Aufnahme der Wand, er nimmt den Ordner, nimmt den Hut ab und legt ihn links neben sich auf die Tasche. Spärliches Haar oder kahlköpfig, damit das schmale schwarze Gummiband um den Kopf leichter zu erkennen ist.
Wenn O aufrecht zurückgelehnt dasitzt, ist sein Kopf von der Kopfstütze, die eine schmalere Fortsetzung der Rückenlehne ist, umrahmt. Während der ganzen Szene der Betrachtung und Zerstörung der Photographien kann man A unmittelbar hinter dem Stuhl vermuten, von wo aus er O über die linke Schulter schaut (12).

2. O schlägt den Ordner auf, nimmt einen Stoß Photographien heraus (13), legt den Ordner auf die Tasche und beginnt die Photographien zu betrachten. Er betrachtet sie in der Reihenfolge 1 bis 7. Wenn er mit 1 fertig ist, legt er sie auf seine Knie, betrachtet 2, legt sie auf 1, und so weiter, so daß wenn er sie alle betrachtet hat, 1 die unterste Photographie des Stapels ist und 7 – oder vielmehr 6, denn 7 legt er nicht hin – obenauf liegt. Er verweilt etwa sechs Sekunden bei jeder der Photographien von 1–4, etwa doppelt so lange bei 5 und 6 (zitternde Hände). Beim Betrachten von 6 berührt er mit dem Zeigefinger das Gesicht des kleinen Mädchens. Nach sechs Sekunden bei 7 zerreißt er sie in vier Stücke und läßt sie links neben sich auf den Fußboden fallen. Er nimmt 6 oben vom Stapel auf seinen Knien, betrachtet sie wieder etwa drei Sekunden, zerreißt sie in vier Stücke und läßt die Stücke links neben sich auf den Fußboden fallen. Ebenso verfährt er mit den anderen, betrachtet jede nochmal etwa drei Sekunden lang, bevor er sie zerreißt. 1 muß auf stärkeren Karton gezogen sein, denn er hat

Mühe, sie zu zerreißen. Hände mühen sich ab. Schließlich gelingt es ihm, er läßt die Stücke auf den Fußboden fallen und schaukelt dann leicht, wobei die Hände die Armlehnen umfassen (14).

3. Eigentliche Bemächtigung. Von nun an, wenn doppelte Wahrnehmung möglich ist, nur A's Wahrnehmung, ausgenommen Wahrnehmung von A durch O am Schluß, A zieht sich ein wenig zurück (Aufnahme von Kopfstütze von hinten), beginnt dann eine kreisförmige Bewegung nach links, nähert sich der Grenze des Immunitätswinkels und hält inne. Von diesem Winkel aus, über den hinaus O des *percipi* inne wird, ist er zu sehen, wie er einnickt. Seine sichtbare Hand auf der Armlehne entspannt sich, sein Kopf nickt und sinkt nach vorn, das Schaukeln kommt beinahe zum Stillstand. A geht weiter über die Grenze des Immunitätswinkels hinaus, sein Blick durchbohrt den leichten Schlaf, und O fährt aus dem Schlafe auf. Durch das Auffahren aus dem Schlaf beginnt wieder das Schaukeln, das sofort durch Fuß auf den Boden zum Stillstand gebracht wird. Spannen der Hand auf der Armlehne. Indem O seinen Kopf nach rechts dreht, entweicht er dem Bereich des Wahrgenommenwerdens. A zieht sich zurück, um den Winkel zu verkleinern, und kurz danach wendet O sich beruhigt wieder nach vorn und nimmt seine Haltung wieder ein. Das Schaukeln beginnt wieder und hört allmählich auf, als O wieder einnickt. A beginnt nun mit einer viel weiteren Umzingelung. Aufnahme vom Fenster mit geschlossenen Vorhängen, von den Wänden und dem verhängten Spiegel, um seinen Weg anzudeuten und die Tatsache, daß er O noch nicht ansieht. Dann kurze Aufnahme von O, den A aus einem Winkel sieht, der viel größer als der Immunitätswinkel ist, d. h. aus der Nähe des Tisches, auf dem das verhängte Aquarium und der verhängte Käfig stehen. Man sieht O jetzt in tiefem Schlaf, sein Kopf ist auf die Brust gesunken, und seine von den Armlehnen geglittenen Hände baumeln

schlaff hinunter. A beginnt wieder sich vorsichtig zu nähern. Aufnahmen vom Aquarium und dem verhängten Käfig und der sich anschließenden Wand mit der zerfetzten Tapete, mit der gleichen Absicht wie zuvor. Halt und kurze Aufnahme von O, der immer noch tief schläft, beinahe von vorne. A bewegt sich die letzten paar Meter an der Wand mit der zerfetzten Tapete entlang voran und hält genau vor O an. Lange Aufnahme von O, von vorne, vor dem Hintergrund der Kopfstütze, schlafend. A's Blick durchbohrt den Schlaf, O fährt aus dem Schlaf auf und starrt zu A hinauf. Schutzklappe über O's linkem Auge ist nun zum erstenmal zu sehen. Das Schaukeln, das durch das Auffahren wieder begonnen hat, wird durch Fuß auf den Boden sofort wieder zum Stillstand gebracht. Hände umklammern die Armlehnen. O steht halb aus dem Stuhl auf, erstarrt und starrt zu A hinauf. Allmählich jener Blick. Schnitt zu A, von dem dies die allererste Aufnahme ist (nur Gesicht vor der Wand mit der zerfetzten Tapete im Hintergrund). Es ist O's Gesicht (mit der Augenklappe, aber mit einem ganz anderen Ausdruck, den man nicht beschreiben kann, weder streng noch gütig, sondern eher große Gespanntheit. Nahe der linken Schläfe (Augenklappenseite) ist ein großer Nagel zu sehen. Lange Aufnahme des unverwandten Blicks. Schnitt zurück zu O, immer noch halb stehend, und mit jenem Blick hinaufstarrend. O schließt die Augen, fällt in den Stuhl zurück und beginnt zu schaukeln. Er bedeckt sein Gesicht mit den Händen. Aufnahme von O, schaukelnd, sein Gesicht in den Händen, aber noch nicht vorgebeugt. Schnitt zurück zu A. Wie vorher. Schnitt zurück zu O. Er sitzt da, vornübergebeugt, den Kopf in den Händen, sanft schaukelnd. Beibehalten, während das Schaukeln langsam aufhört.

Ende.

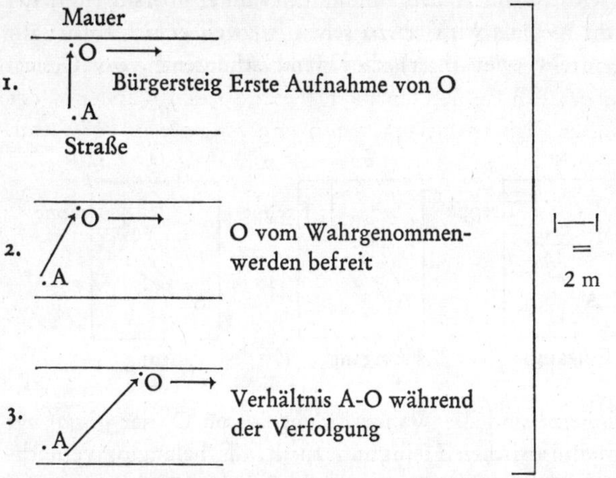

4. Diese Episode, die nur als dramatisches Hilfsmittel ihre Berechtigung hat, soll sobald wie möglich das Unerträgliche von A's Blick spürbar machen. Verstärkt wird dieser Eindruck noch durch die Treppenszene mit der Blumenfrau.

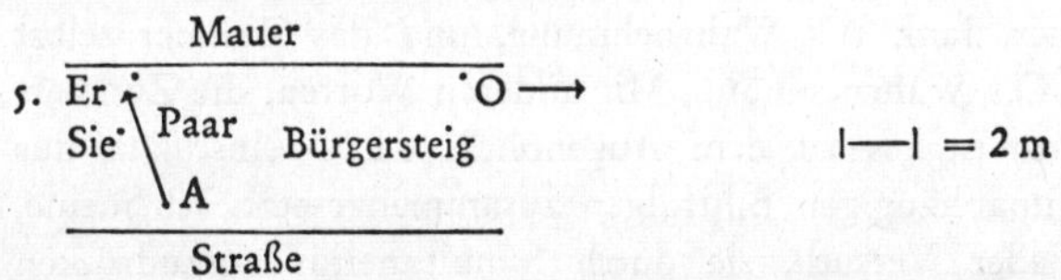

6. Der Ausdruck bei dieser Episode, ebenso wie beim Hinausbefördern der Tiere im dritten Teil, sollte so genau wie möglich stilisiert werden. Der Affe, der entweder A nicht gewahr wird oder den A gleichgültig läßt, ist nur dazu da, das Verhalten der Tiere im dritten Teil schon anzudeuten, die ausschließlich O Beachtung schenken.

7. Vorschlag für den Flur mit (1) O im *percipi*, (2) befreit (3) sich vor der Blumenfrau versteckend. Es ist zu beachten, daß selbst wenn A den Immunitätswinkel überschreitet, O's Gesicht niemals wirklich zu sehen ist, weil er sich sofort zur Seite dreht oder (hier) die Hand schützend vors Gesicht hält.

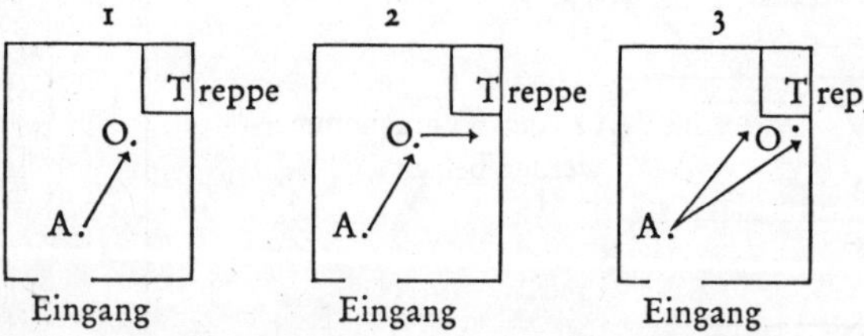

8. Bis jetzt sind die Wahrnehmungen von O, der *blindlings* einem illusorischen Heiligtum zueilt, als belanglos vernachlässigt worden und müssen tatsächlich belanglos gewesen sein. Aber im Zimmer müssen sie, bis er einschläft und die Bemächtigung beginnt, wiedergegeben werden. Und gleichzeitig muß A's Wahrnehmung von O beibehalten werden. A interessiert sich nur für O, nicht für das Zimmer, für letzteres jedenfalls nur beiläufig insofern, als seine Einzelheiten in das auf O gerichtete Blickfeld geraten. Wir sehen O im Zimmer dank A's Wahrnehmung, und das Zimmer selbst dank O's Wahrnehmung. Mit anderen Worten, die Zimmersequenz ist bis zu dem Augenblick, da O einschläft, aus zwei unabhängigen Bildfolgen zusammengesetzt. Ich meine, daß jeder Versuch, sie durch Simultaneität auszudrücken (Photomontage, Doppelbild, Überblendung, usw.) sich als unbefriedigend erweisen muß. O's Wahrnehmung des Bildes, zum Beispiel, und des das Bild wahrnehmenden O's in einer einzigen Aufnahme zu bringen – was technisch wahrscheinlich möglich wäre – würde es dem Zuschauer vielleicht unmöglich machen, jede einzelne Wahrnehmung klar zu erfassen. Die Lösung liegt vielleicht in einer Folge

von Aufnahmen unterschiedlicher *Qualität*, von denen die einen A's Wahrnehmung von O und die anderen O's Wahrnehmung des Zimmers entsprechen. Diesen Qualitätsunterschied könnte man vielleicht durch verschiedene Entwick-

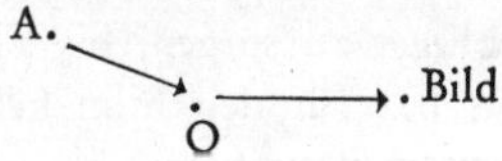

lungsgrade zu erreichen suchen, wobei der Übergang vom einen zum andern von größerer zu geringerer und von geringerer zu größerer Schärfe oder Helligkeit führen sollte. Wie auch immer die Verschiedenartigkeit erreicht werden mag, sie müßte auffallend genug sein. Nachdem wir bis jetzt ausschließlich so wie A sahen, würden wir plötzlich, mit O's erster Umschau im Zimmer, in den ganz anders sehenden O versetzt. Dann wieder zurück in A, wenn O auf seinem Weg zum Fenster gezeigt wird. Und so weiter die ganze Sequenz hindurch, vom einen zum anderen wechselnd, wie es gerade verlangt wird. Sollte diese Lösung angenommen werden, wäre es vielleicht wünschenswert, mittels kurzer Sequenzen im ersten und zweiten Teil die Sehweise von O einzuführen.

Dies scheint das Hauptproblem des Films zu sein, wobei

9.

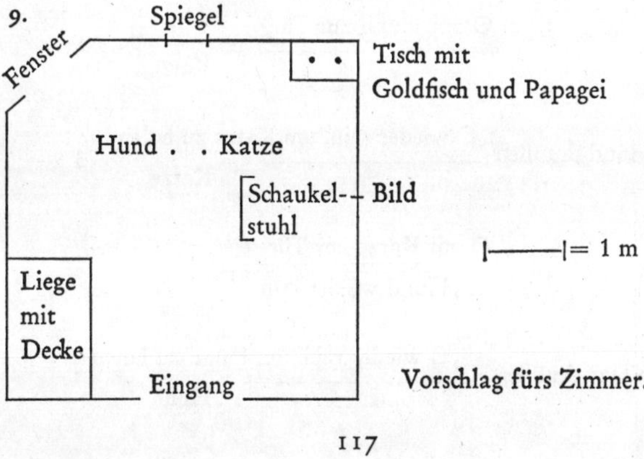

Vorschlag fürs Zimmer.

ich aus mangelnden technischen Kenntnissen seine Schwierigkeit vielleicht überschätze.
Offensichtlich kann dies nicht O's Zimmer sein. Man mag vermuten, daß es das Zimmer seiner Mutter ist, in dem er jahrelang nicht war und das er nun vorübergehend bewohnen soll, um für die Lieblinge zu sorgen, bis sie aus dem Krankenhaus kommt. Dies hat für den Film keine Bedeutung und braucht nicht erläutert zu werden.

10. Am Schluß des Films sind Gesicht A und Gesicht O nur zu unterscheiden (1) durch verschiedene Gesichtsausdrücke, (2) dadurch, daß O nach oben und A nach unten blickt und (3) durch verschiedene Hintergründe (bei O Kopfstütze des Stuhls, bei A die zerfetzte Tapete). Darum eindringliches Zeigen der Kopfstütze und der zerfetzten Tapete.

11. Törichter Vorschlag für das Hinausbefördern von Katze und Hund. Siehe auch Anmerkung 6.

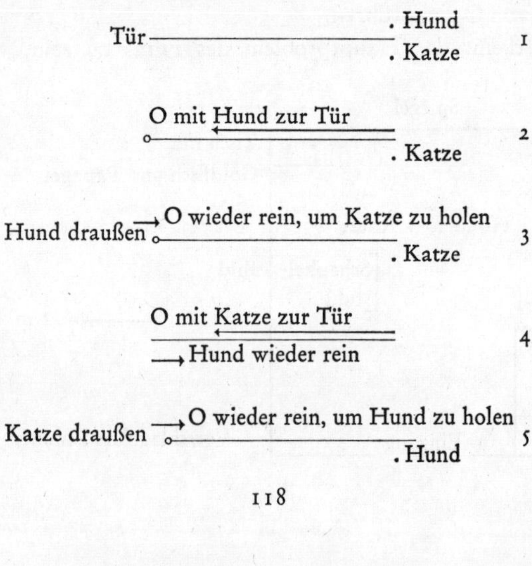

O mit Hund zur Tür
←——— 6
→ Katze wieder rein

Hund draußen → O wieder rein, um Katze zu holen
——— 7
. Katze

O mit Katze zur Tür
←——— 8
→ Hund wieder rein

Katze draußen → O wieder rein, um Hund zu holen
——— 9
. Hund

O mit Hund zur Tür
∘←——— 10
→ Katze wieder rein

Hund draußen → O wieder rein, um Katze zu holen
∘——— 11
. Katze

O mit Katze zur Tür
←——— 12
→ Hund wieder rein

Katze draußen → O wieder rein, um Hund zu holen
——— 13
. Hund

O mit Hund zur Tür
←——— 14
→ Katze wieder rein

Hund draußen → O wieder rein, um Katze zu holen
——— 15
. Katze

O mit Katze zur Tür
←——— 16

Katze u. Hund draußen → O nimmt Aktentasche
——— 17

12. Stuhl von vorne während der Photo-Sequenz.

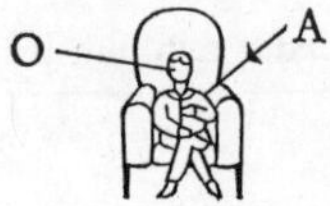

13. Beschreibung der Photographien.

1. Kleiner Junge. 6 Monate. Seine Mutter hält ihn in ihren Armen. Der Junge, lächelnd, von vorn. Große Hände der Mutter. Ihre ernsten Augen verschlingen ihn. Ihr großer, altmodischer, mit Blumen verzierter Hut.

2. Derselbe Junge. 4 Jahre. In einer Veranda, in lockerem Nachthemd, auf einem Kissen kniend, Gebetshaltung, Hände gefaltet, Kopf gesenkt, Augen geschlossen. Halbprofil. Mutter auf Stuhl neben ihm, große Hände auf den Knien, Kopf ihm zugebeugt, ernste Augen, Hut ähnlich wie bei 1.

3. Derselbe Junge. 15 Jahre. Ohne Kopfbedeckung. Schulblazer. Lächelnd. Lehrt einen Hund Männchen machen. Hund auf den Hinterläufen, zu ihm aufblickend.

4. Derselbe Junge. 20 Jahre. Tag der Promotion. Akademisches Gewand. Doktorhut unterm Arm. Auf einem Podium, aus den Händen des Rektors die Urkunde in Empfang nehmend. Lächelnd. Teil des zuschauenden Publikums.

5. Derselbe Junge. 21 Jahre alt. Ohne Kopfbedeckung. Lächelnd. Kleiner Schnurrbart, Arm um Braut. Ein junger Mann knipst das Paar.

6. Derselbe Junge. 25 Jahre. Rekrut. Ohne Kopfbedeckung. Uniform. Größerer Schnurrbart. Lächelnd. Ein kleines Mädchen auf dem Arm. Es schaut ihm ins Gesicht und streift dessen Wange mit dem Finger.

7. Derselbe Junge. 30 Jahre. Sieht aus wie über 40. Allein. In Hut und Mantel. Schutzklappe über dem linken Auge. Glatt rasiert. Grimmiger Gesichtsausdruck.

14. Den Schaukelstuhl ausnützen, um die Emotion beim Betrachten der Photographien zu verdeutlichen, z. B. für 1 bis 4 sanftes gleichmäßiges Schaukeln, nach 3 Sekunden Betrachten von 5 Schaukeln unterbrechen (Fuß auf Boden), zwischen 5 und 6 Schaukeln fortsetzen, nach 2 Sekunden Betrachten von 6 Schaukeln wieder unterbrechen, nach 6 und bei 7 wieder Schaukeln wie bei 1–4.

He, Joe

Fernsehspiel

Originaltitel: ›Eh Joe. A Piece for Television‹
Aus dem Englischen von Erika und Elmar Tophoven

Joe, Ende fünfzig, graues Haar, alter Morgenrock, Hausschuhe, in seinem Zimmer.

1. Joe, von hinten gesehen, auf dem Bettrand sitzend, gespannt, aufstehend, zum Fenster gehend, das Fenster öffnend, hinausblickend, das Fenster schließend, den Vorhang vorziehend, gespannt stehenbleibend.

2. Joe do. (= von hinten), vom Fenster zur Tür gehend, die Tür öffnend, hinausblickend, die Tür schließend, den Schlüssel umdrehend, den Schlüssel in die Tasche steckend, den Vorhang vor die Tür ziehend, gespannt stehenbleibend.

3. Joe do., von der Tür zum Schrank gehend, den Schrank öffnend, hineinblickend, den Schrank schließend, den Schrankschlüssel umdrehend, den Schrankschlüssel in die Tasche steckend, den Vorhang vor den Schrank ziehend, gespannt stehenbleibend.

4. Joe do., vom Schrank zum Bett gehend, niederkniend, unters Bett blickend, aufstehend, sich auf den Bettrand setzend und da sitzend, sich allmählich entspannend.

5. Joe, von vorn gesehen, auf dem Bettrand sitzend, entspannt, mit geschlossenen Augen. Einstellung beibehalten; dann fährt die Kamera langsam zur Großaufnahme des Gesichts. Das erste Wort des Textes stoppt diese Bewegung.

Kamera

Die Kamera folgt Joe's anfänglichen Bewegungen, wobei der Abstand immer gleich bleibt; Joe ist immer in voller Größe im Bild. Es ist unnötig, das Zimmer als Ganzes zu zeigen. Nach diesen ersten Bildern (bei denen die Kamera ihm folgt) macht die Kamera, zwischen der ersten und der letzten Großaufnahme des Gesichts, neun kurze Bewegungen von etwa zehn cm auf das Gesicht zu. Jede Kamerabewegung wird von der wieder anhebenden Stimme gestoppt, niemals

Kamerabewegung und Stimme zugleich. Die Kamera würde also, wenn das Fahrgestell durch das erste Wort des Textes gestoppt wird, etwa fünfzig cm von der maximalen Großaufnahme des Gesichts entfernt sein. Die Kamera setzt sich zwischen den Textabschnitten erst in Bewegung, wenn klar ist, daß die Pause (etwa drei Sekunden) länger als zwischen den Sätzen ist. Dann zehn cm in etwa vier Sekunden, nach denen die Kamerabewegung von der wieder anhebenden Stimme gestoppt wird.

Stimme
Leise, deutlich, fern, beinahe farblos, ganz gleichmäßiger Rhythmus, etwas langsamer als normal. Zwischen den Sätzen ein Intervall von mindestens einer Sekunde, zwischen den Abschnitten ungefähr sieben Sekunden, und zwar drei, bevor die Kamera vorwärts fährt, und vier während der Vorwärtsfahrt, bis diese durch die wieder anhebende Stimme gestoppt wird.

Gesicht
Sozusagen die ganze Zeit regungslos, kein Wimpernschlag während der Abschnitte, teilnahmslos, nur eine sich steigernde Intensität des *Zuhörens* widerspiegelnd. Kurze Momente der Entspannung zwischen den Abschnitten, da wo die Stimme vielleicht für diesen Abend verstummt ist und die Aufmerksamkeit auf verschiedene Weisen nachlassen kann, bis sie durch die wieder anhebende Stimme neu geweckt wird.

FRAUENSTIMME
Joe ...
(Augen öffnen sich, gespannt.)
Joe ...
(Große Spannung.)
An alles gedacht? ...
Nichts vergessen? ...

Fein raus jetzt, wie? . . .
Außer Sicht . . .
Außer Reichweite . . .
Warum machst du das Licht nicht aus? . . .
Da ist vielleicht eine Laus, die dich belauert . . .
Warum legst du dich nicht ins Bett? . . .
Was ist denn nur mit diesem Bett, Joe? . . .
Hast dir ein anderes besorgt, nicht? . . .
Hilft auch nichts? . . .
Oder ist es schon das Herz? . . .
Wird brüchig, wenn du dich im Dunkeln hinlegst . . .
Ganz mürbe schließlich . . .
He, Joe?

1. Kamerabewegung
Das Beste kommt noch, sagtest du beim letzten Mal . . .
Als du mir nicht schnell genug in den Mantel helfen konntest . . .
Immer Kavalier, bis zum Schluß . . .
Das Beste kommt noch . . .
Sag' es dir jetzt, Joe, niemand wird dich hören . . .
Nur zu, Joe, niemand kann es so sagen wie du,
sag' es nochmal jetzt und hör' dir selber zu . . .
Das Beste kommt noch . . .
Du hattest recht, dies eine Mal . . .
Am Ende.

2. Kamerabewegung
Du kennst diese Drei-Groschenhölle, die du deinen Verstand nennst . . .
Daher kommt es, denkst du, nicht? . . .
Da hörtest du deinen Vater . . .
Das war es doch, was du mir erzähltest? . . .
An einem Juniabend fing er an, auf dich einzureden, und dann jahrelang . . .
Immer wieder . . .

Hinter deinen Augen ...
Darum schafftest du es schließlich, ihn zu erdrosseln ...
Mentalmord nanntest du es ...
Einer deiner glücklichsten Einfälle ...
Mentalmord ...
Sonst würde er dich jetzt noch quälen ...
Dann deine Mutter, als ihre Stunde kam ...
›Kopf hoch, Joe, zum Himmel, wir haben dich im Auge‹ ...
Immer schwächer, bis du auch sie erledigtest ...
Und die anderen ...
All die anderen ...
Solche Liebe für dich! ...
Gott weiß warum ...
Mitleidende Liebe ...
Nicht daran zu rühren ...
Und wenn man dich jetzt sieht ...
Nur noch eine einzige Passion ...
In deinem Kopf die Toten töten.

3. Kamerabewegung
Lebt jetzt irgend jemand, der dich liebt, Joe? ...
Lebt irgend jemand, der dich bemitleidet? ...
Das Weib, das samstags kommt, bezahlst du, nicht? ...
Fixe Preise pro Nummer und Nacht ...
Paß auf, daß du nicht zu kurz kommst, Joe ...
Je daran gedacht? ...
He, Joe? ...
Was dann, wenn du zu kurz kämst, keine mehr von uns hättest ...
Keine Seele mehr zu beschwichtigen ...
Sitzt da in deinen stinkigen alten Klamotten und hörst dir selber zu ...
Diesem ewigen Verehrer ...
Immer schwächer, bis auch dir die Luft ausgeht ...
Ist das dein Wunsch? ...
Gut erhalten für dein Alter und die Stille des Grabes ...

Dies armselige Paradies, deine alte Leier ...
Nein, Joe ...
Nicht für unseresgleichen.

4. Kamerabewegung
Meine Stimme, als ich anfing, auf dich einzureden ...
Wie hell sie war ...
Nicht, Joe? ...
Silberhell ...
Wie an jenen Sommerabenden im Park ...
In der ersten Zeit ...
unseres Idylls ...
Als wir dasaßen, inmitten der Tauben ...
Hand in Hand, den Mund voller Versprechungen ...
Wie du meine Sprechweise bewundertest! ...
Neben anderen Reizen ...
Eine Stimme wie Bergkristall ...
Um deinen Ausdruck zu gebrauchen ...
Wie du die Sprache im Griff hattest ...
Bergkristall ...
Du hättest ihr ewig lauschen können ...
Und nun sowas ...
So abgewürgt ...
Wie lange noch, meinst du? ...
Bis zum Flüstern ...
Du weißt ja ...
Wenn du die Worte nicht mehr verstehst ...
Nur einzelne, dann und wann ...
Das ist das Schlimmste ...
Nicht, Joe? ...
Das war es doch, was du mir erzähltest? ...
Ehe wir aus dem letzten Loch pfeifen ...
Das einzelne Wort ...
Die Mühe, es zu vernehmen ...
Warum das, Joe? ...
Warum mußt du das? ...

Wenn du beinahe am Ziel ...
Was soll das dann? ...
Was wir bedeuten ...
Es sollte das Beste sein ...
Beinahe wieder am Ziel ...
Wieder jemand zum Schweigen gebracht ...
Und es ist das Schlimmste ...
Das war es doch, was du sagtest? ...
Das Flüstern ...
Das einzelne Wort ...
Die Mühe, es zu vernehmen ...
Das Hirn müde vom Würgen ...
Es endet schließlich ...
Du beendest es schließlich ...
Denk' dir, du könntest es nicht ...
Je daran gedacht? ...
Wenn es weiterwisperte ...
Immer wieder, immerzu ...
Das Flüstern in deinem Kopf ...
Ich, in deinem Kopf auf dich einflüsternd ...
Dinge, die du nicht mitkriegen kannst ...
Immerzu ...
Bis du zu uns kommst ...
He, Joe?

5. Kamerabewegung
Wie geht es Deinem Herrn zur Zeit? ...
Immer noch ergiebig? ...
Immer noch begierig? ...
Auf die Passion Unseres Joe ...
Warte nur, bis Er anfängt, auf dich einzureden ...
Wenn du mit dir selber fertig bist ...
All deine Toten getötet ...
Und du dasitzt in deinen schmutzigen alten Klamotten ...
Ganz gut erhalten für einen Mann in deinen Jahren ...
Nur der Bubo ab und zu ...

Stille des Grabes ohne die Würmer ...
Als Preis für deine Mühen ...
Bis eines Nachts ...
›Du Narr, deine Seele‹ ...
Hetz' deine Würger darauf ...
He, Joe? ...
Je daran gedacht? ...
Wenn Er anfängt, auf dich einzureden ...
Wenn du mit dir selber fertig bist ...
Falls du es je sein wirst.

6. Kamerabewegung
Ja, große Liebe, Gott weiß warum ...
Sogar ich ...
Ich fand jedoch etwas Besseres ...
Schließlich ...
Wie dir hoffentlich zu Ohren gekommen ist ...
Überlegen in jeder Hinsicht ...
Gütiger ...
Stärker ...
Klüger ...
Schöner ...
Sauberer ...
Ehrlich ...
Treu ...
Normal ...
Ja ...
Ich hab's richtig gemacht ...
Nicht wie die andere.

7. Kamerabewegung
Die andere ...
Du weißt schon, welche, Joe ...
Die Grüne ...
Die Schmale ...
Immer blaß ...

Die blassen Augen ...
Lichtgewordener Geist ...
Um deinen Ausdruck zu gebrauchen ...
Wie sie sich öffneten, nachher ...
Einzig ...
Folgst du mir jetzt, Joe? ...
He, Jo? ...
Das war Liebe ...
Das Beste kommt noch, sagtest du ...
Als du sie in ihren Sackmantel packtest ...
Während ihre Finger nach den dicken Hornknöpfen fummelten ...
In deiner Tasche das Ticket für den Frühflug ...
Du hast sie gehabt, nicht? ...
Du hast sie erledigt ...
Selbstverständlich ...
Sie schied jung ...
Keine Albernheiten mehr von der.

8. Kamerabewegung
Je erfahren, was geschah? ...
Sie hat es nicht gesagt? ...
Nur die Anzeige im *Kurier* ...
›Maria tröste die arme Seele, die man ihr im Gebet empfehle!‹ ...
Soll ich es dir erzählen? ...
Kein Interesse? ...
Du sollst es aber wissen ...
Das ist wohl das mindeste ...
So ist es recht, Joe, weiterwürgen ...
Jetzt nicht den Mut verlieren ...
Da du beinahe am Ziel ...
Bin bald erledigt ...
Die allerletzte ...
Es sei denn, das Weib fiele noch auf dich rein ...
Dann du allein ...

Du altes Müllfeuer ...
Jahrelang der Gestank ...
Dann die Stille ...
Um darin zu baden ...
Als Preis für alles ...
Bis der Höchste Herr ...
In einer schmutzigen Winternacht ...
›Dreck bist du‹.

9. Kamerabewegung
Gut ...
Laue Sommernacht ...
Alles schläft ...
Nur sie nicht ...
Sitzt auf ihrer Bettkante in ihrem lila Unterrock ...
Du weißt schon, welchen ...
Ah, sie kannte euch, himmlische Mächte! ...
Leises Plätschern der See durch das offene Fenster ...
Steht schließlich auf und schleicht hinaus, so wie sie ist ...
Mondschein ...
Holunder ...
Runter durch den Garten, unter den Viadukt ...
Sieht am Tang, daß die Flut kommt ...
Geht weiter runter an den Rand und legt sich mit dem Gesicht ans Wasser ...
Um's kurz zu machen: es klappte nicht ...
Steht schließlich klitschnaß auf und geht wieder rauf zurück zum Haus ...
Holt den Gillette raus ...
Die Marke, die du ihr für ihre Körperhaare empfohlen hattest ...
Wieder runter durch den Garten, unter den Viadukt ...
Nimmt die Klinge aus dem Halter und legt sich nieder an den Rand, auf die Seite ...
Um's wieder kurz zu machen: es klappte wieder nicht ...
Du weißt ja, wie ihr vor Schmerzen graute ...

Reißt ein Stück vom Rock und bindet es um den Kratzer ...
Steht schließlich auf und geht wieder rauf, zurück zum Haus ...
Der Rock klebt so, wie nasse Seide eben klebt ...
Ist dir das alles neu, Joe? ...
He, Joe? ...
Holt die Tabletten raus, und wieder runter durch den Garten, unter den Viadukt ...
Schluckt ein paar auf dem Weg ...
Zu dieser unziemlichen Zeit ...
Der Mond versinkt hinterm Hügel ...
Sie steht ein Weilchen da, den Silberschimmer im Auge ...
Geht dann los, am Rand entlang zu einer Stelle weiter unten, beim Felsen ...
Stell dir vor, was in ihrem Kopf da los war ...
Stell dir vor ...
Schleift ihre Füße durchs Wasser wie ein Kind ...
Schluckt noch ein paar auf dem Weg ...
Soll ich weitererzählen, Joe? ...
He, Joe? ...
Legt sich schließlich hin, mit dem Gesicht nah an der Flut ...
Die nun auf den Kies übergreift ...
Hat diesmal alles gut durchdacht ...
Leert das Röhrchen ...
Das war Liebe! ...
He, Joe? ...
Gräbt eine kleine Mulde für ihr Gesicht im Kies ...
Die Grüne ...
Die Schmale ...
Immer blaß ...
Die blassen Augen ...
Wie sie blickten, vorher ...
Wie sie sich öffneten, nachher ...
Lichtgewordener Geist ...
Waren das nicht deine Worte, Joe? ...

(Stimme wird schwächer bis zu einem gerade noch hörbaren Flüstern, das Kursivgesetzte etwas lauter.)

Gut ...
Du hast das Beste gehabt ...
Jetzt stell dir vor ...
Ehe sie vergeht ...
Stell dir vor ...
Das Gesicht in der Mulde ...
Die Lippen auf einem Stein ...
Einem Stein ...
Joe mitnehmend ...
Kein Licht ...
›Joe, Joe‹ ...
Kein Laut ...
Zu den Steinen ...
Den Steinen ...
Sag' es dir jetzt, Joe, niemand wird dich hören ...
Sag ›Joe‹, das löst die Lippen ...
Die Lippen ...
Stell dir die Hände vor ...
Stell dir vor ...
Den Solitär ...
An einem Stein ...
Einem Stein ...
Stell dir die Augen vor ...
Die Augen ...
Geisteslicht ...
Juni ...
Welches Jahr Deines Herrn? ...
Die Brüste ...
In den Steinen ...
Die Hände ...
Ehe sie vergehen ...
Stell dir die Hände vor ...
Stell dir vor ...

Was treiben sie? ...
In den Steinen ...
Den Steinen ...
(Bild verschwindet, Stimme wie zuvor.)
Was streicheln sie? ...
Ehe sie vergehen ...
Das ist Liebe ...
Nicht, Joe? ...
Das war Liebe ...
He, Joe? ...
Findest du nicht? ...
Verglichen mit unserer ...
Verglichen mit Seiner ...
He, Joe?
He, Joe ...
(Stimme und Bild weg. Ende.)

Anhang

Alle, die da fallen S. 7–43

Entstanden 1956 auf Vorschlag der BBC London.
Ursendung am 13. Januar 1957 im Dritten Programm der BBC London.
Als eine Art Mustersammlung für typische Probleme der Hörspieldramaturgie zeigt dieses Werk beispielhaft, auf welche Weise sich handelnde Personen mit den rein akustischen Mitteln einer plausiblen Wechselrede oder eines Monologs vorstellen lassen; wie man die Hörspiel-Geräusche aus ihrer üblichen Kulissenhaftigkeit erlösen und durch ein klares Absetzen vom Text dramaturgisch nutzen kann; und wie die handelnden Personen in die nicht sichtbare Szene eintreten, dort verweilen und eindeutig von ihr abgehen können, sobald das nötig wird.
Für die Übersetzungsarbeit ging es vor allem darum, dem Hörer unmittelbar verständliche Vorstellungsbilder zu liefern – und zwar auch da, wo die Zufälligkeiten des jeweiligen Wortschatzes zu Störungen hätten führen können. So beobachtet etwa Mrs. Rooney die ›great moist cleg-tormented eyes‹ – die ›großen triefenden, von Bremsen gequälten Augen‹ des Maulesels von Christy (S. 11); aber da Mr. Tyler kurz darauf von den ›brakes‹, den ›Bremsen‹ seines Fahrrades spricht (S. 13), mußten die zuerst erwähnten Bremsen weichen und wurden durch ›Stechfliegen‹ ersetzt.

Aschenglut S. 45–61

Entstanden 1958/59.
Ursendung am 24. Juni 1959 im Dritten Programm der BBC London. Unter dem Originaltitel *Embers* und in der Produktion der BBC erhielt dieses Hörspiel den Prix Italia 1959.
Das englische Wort ›ember‹ wird meist als ›glühende Kohle‹ übersetzt und hat im Plural die Bedeutung ›Glut, Nachglut, letzte Funken, schwelendes Feuer‹. Für den Textzusammenhang des Hörspiels bewährte sich ›Aschenglut‹ am besten: ›only the fire, no

flames now, embers‹ – ›nur das Feuer, keine Flammen mehr, Aschenglut‹ (S. 47).

Im englischen Original vermutet Henry, der Vater könne unter falschem Namen in Argentinien leben, im Französischen wird daraus Peru, und im Deutschen schließlich, ganz allgemein, ›Südamerika‹ (S. 46).

Aus dem Bestreben, die Gedanken Henrys in möglichst exotische Fernen schweifen zu lassen, wurde die ›Pampa‹ (S. 53) in der ersten deutschen Übersetzung zunächst mit ›Tibet‹ wiedergegeben; als aber dann von dorther politische Schlagzeilen zu uns drangen, mußte ›Pampa‹ doch endgültig wiederhergestellt werden.

Rücksicht auf die Hörspiel-Sprecher führte schließlich dazu, das deutsche Wort für ›washout‹ / ›avorton‹ – ›Nichtsnutz‹ als allzu zungenbrecherisch lieber durch ›Niete‹ (S. 51) zu ersetzen.

Worte und Musik S. 63–73

Entstanden 1962.

Ursendung mit der Musik von John Beckett (einem Vetter des Autors) am 13. November 1962 im Dritten Programm der BBC London.

Die Musik zu diesem Hörspiel wurde natürlich vom englischen Originaltext angeregt. Deshalb mußte sich die Übersetzung besonders dicht an den Rhythmus des ursprünglichen Textes anschmiegen.

Dieser Angleichung des Deutschen ans Englische kam die Möglichkeit der weitgehend freien Wortstellung im Deutschen sehr entgegen – obwohl sich die Richtung des Satzflusses (besonders bei den längeren Passagen) selbst mit diesem biegsamen Mittel nicht immer exakt der englischen Vorlage nachbilden ließ.

Immerhin gelang es, die Zahl der betonten Silben ziemlich genau zu bewahren: ›Now and then the rye, swayed by a light wind, casts and withdraws its shadow‹ / ›De loin en loin le seigle, qu'un souffle d'air balance, jette et retire son ombre‹ – ›Roggen, den der Wind zuweilen gelinde wiegt, wirft und entzieht seinen Schatten‹ (S. 71).

Durch die gleichgebliebene Anzahl betonter Silben bewahrt die Übersetzung eine hinreichend große Nähe zum Rhythmus und Tempo des Originals.

Cascando S. 75–86

Entstanden 1963.
Ursendung mit der Musik von Marcel Mihalovici am 13. Oktober 1963 im France-Culture-Programm der R. T. F., Paris.
Auch in diesem Hörspiel ging es wieder darum, die Zahl der betonten Silben im französischen Original auf deutsch möglichst beizubehalten; allerdings stimmen die Akzente im Deutschen nur selten genau mit denen im Französischen überein.
Der Name ›Maunu‹ verwandelte sich auf englisch in ›Woburn‹ und auf deutsch in ›Mißler‹ (S. 77).

Akt ohne Worte 1 S. 89–95

Entstanden 1956.
Uraufführung am 3. April 1957 im Royal Court Theatre, London.

Akt ohne Worte 2 S. 97–101

Entstanden 1956.
Uraufführung wahrscheinlich 1959 im Living Theatre, New York.

Film S. 103–121

Entstanden im Mai 1963.
Im Sommer 1964 nahm Samuel Beckett an den Dreharbeiten in New York (Regie: Alan Schneider; Hauptrolle: Buster Keaton) teil; der *Film* wurde am 4. September 1965 auf dem Filmfestival in Venedig gezeigt und erhielt den Prix Filmcritica.
Der einzige gesprochene Laut im Film ist das beschwichtigende, sanfte ›psst!‹ einer älteren Frau (S. 105 und 108); im englischen Original steht dafür ›sssh!‹ und in der französischen Übersetzung ›chut!‹ – Vielleicht sollte man doch einmal ein mehrsprachiges Lexikon solcher Ausrufe und Empfindungswörter anlegen.
Im übrigen bestand beim Übersetzen natürlich keine Veranlassung, den ausgesprochen nominalen Beschreibungsstil dieses Szenarios etwa verbal aufzulockern.

He, Joe S. 123–136

Entstanden im Frühjahr 1966.
Ursendung in deutscher Übersetzung am 13. April 1966 im ARD-Fernsehprogramm (vom Südfunk Stuttgart) unter der Regie von Samuel Beckett.
In den ersten drei Redeabschnitten der Frauenstimme sind die einzelnen Äußerungen im englischen Original durchschnittlich 6,5, in der deutschen Übersetzung 8 und in der französischen 6,24 Silben lang. In der französischen Fassung ist also dasselbe Streben nach Verkürzung zu beobachten, wie im – später entstandenen – Theaterstück *Nicht ich* (vgl. die Anmerkungen dazu).
Wenn Beckett selbst alle sprachlichen Möglichkeiten nutzt, um in der französischen Fassung unter der Textlänge der englischen zu bleiben, hat diese Formabsicht eine Bedeutung.
Im Sprechtext dieses Fernsehspiels schwanken die Redeeinheiten sehr exakt im wahrnehmungspsychologischen Idealbereich von sieben Silben plus/minus eins – und das heißt, jede der Redeeinheiten ist etwas Abgeschlossenes, der Redefluß setzt jedesmal wieder neu an.
In den letzten Phasen verschwinden dann allerdings langsam die längeren, in sich geschlossenen Redeeinheiten und machen jenen kürzeren, unvollständigen Redeportionen Platz, die das Theaterstück *Nicht ich* beherrschen.

Copyright-Nachweise

Inhalt

HÖRSPIELE

Alle, die da fallen 7
Aschenglut 45
Worte und Musik 63
Cascando 75

PANTOMIME / FILM / FERNSEHSPIEL

Akt ohne Worte 1 89
Akt ohne Worte 2 97
Film 103
He, Joe 123

Anmerkungen 139
Copyright-Nachweise 143